AF235618

Ines Allerheiligen

Junis und Rasho

Zwischen den Fronten

Für

Mohammed
&
Halef

Ines Allerheiligen

Junis und Rasho

Zwischen den Fronten

Bibliografische Information der Deutschen Nationalbibliothek:
Die Deutsche Nationalbibliothek verzeichnet diese Publikation in der Deutschen Nationalbibliografie; detaillierte bibliografische Daten sind im Internet über http://dnb.dnb.de abrufbar.

Impressum
Deutschsprachige Erstausgabe November 2021
Copyright © 2021 Ines Allerheiligen
Umschlagdesign by www.ramschdesign.de
Umschlagfoto: Christin Trumpf
Lektorat: Juliana Kraus

Herstellung und Verlag: BoD – Books on Demand, Norderstedt

ISBN (Print): 978-3-7557-3876-3

Türkei

Mittelmeer

Manbij
Aleppo
Al Assad
Idlib
Ar Raqqah
Orontes
Euphrat
Latakia
Nahr al Khabar
Al Hasakah
Hama
Tartûs
Homs
Syrische Wüste
Abu Kamal
Libanon
Damaskus
Hermon
Golan-Höhen
(unter israelischer Besatzung)
As Suwayda
Israel
Jordanien
Irak

Inhaltsverzeichnis

Vorwort

Bevor die eigentliche Geschichte dieses Buches beginnt, möchte ich gerne ein paar Worte und Gedanken dazu aufschreiben.

In diesem Buch erzähle ich die fiktive Geschichte zweier junger Männer, deren Heimat eine kleine syrische Stadt im Norden Syriens, an der Grenze zur Türkei ist - Manbij[1].
Während des syrischen Bürgerkrieges[2], wurde Manbij aufgrund seiner Lage zur Nähe der türkischen Grenze, für die unterschiedlichen Kriegsparteien strategisch sehr wichtig.

Nach dem Ausbruch des Bürgerkrieges im Jahr 2011, zogen sich die syrischen Streitkräfte im Juli 2012 aus der Stadt zurück.

---

[1] Syrische Stadt im Gouvernement Aleppo, nahe der türkischen Grenze, Einwohner 75.575 (2009).
[2] Der Bürgerkrieg in Syrien hat am 15. März 2011 begonnen und ist bis heute nicht beendet.

Manbij wurde damit die erste große Stadt Syriens, in der die Rebellen die Verwaltung übernahmen. Die syrischen Luftstreitkräfte bombardierten von da an die Stadt täglich bis in den Oktober hinein, wobei es ihnen hauptsächlich darum ging, die Infrastruktur zu vernichten.

Im Juli 2013 kam es in der Stadt immer häufiger zu Protesten gegen den Islamischen Staat[3], der sich in dieser Zeit heftige Kämpfe mit den Streitkräften der Regierung von Baschar al-Assad, der Freien Syrischen Armee, sowie der kurdischen Minderheit im Norden lieferte.

Im Januar 2014 wurde die Stadt Manbij dann vom Islamischen Staat eingenommen.

Nach heftigen Kämpfen im August 2016, wurde Manbij von den Streitkräften des Militärbündnisses SDF vom IS befreit.

---

[3] IS – eine seit 2003 terroristisch agierende salafistische Miliz

Die SDF ist ein Bündnis der YPG[4], der YPJ[5], Dschabhat al-Akrād[6], einer kurdisch-turkmenischen Einheit, der sunnitisch-arabischen Armee der Revolutionäre, sowie der MFS[7].

Die Geschichte dieser zwei jungen Männer spielt in den Wirren des syrischen Bürgerkrieges der Jahre 2014 - 2016, als Manbij vom Islamischen Staat besetzt war und dort gnadenlos die Gesetze der Scharia einführte und mit aller Härte versuchte diese umzusetzen. Die Scharia steht für das islamische Strafrecht, eine von Gott gesetzte Ordnung und sieht drakonische Strafen für gesellschaftliches Fehlverhalten vor, wozu auch körperliche Strafen bis hin zum Tod zählen.
Dieser politische Hintergrund ist für das Verständnis der Geschichte sehr wichtig.

---

[4] Kurdische Volksverteidigungseinheit
[5] Kurdische Frauenverteidigungseinheit
[6] Kurdische Rebelleneinheit
[7] Assyrisch-aramäischer Militärrat

Die Idee zu diesem Buch ist durch einen Arbeitskollegen entstanden, mit dem ich sehr gerne lange und manchmal auch hitzige politische Diskussionen führe. Er ist Kurde und Jeside.

In unserer täglichen Arbeit war mir aufgefallen, dass er einige Vorbehalte hatte und eher zurückhaltend reagierte, wenn es um arabische Muslime ging. Nach mehreren langen Gesprächen, in denen er sich mir öffnete, habe ich dann den Hintergrund seiner Geschichte und damit der Geschichte der Kurden verstanden.

Es hat viel mit Glauben, Politik und Vertreibung eines Volkes zu tun.

Irgendwann kam mir der Gedanke, eine Geschichte über die Freundschaft zweier Männer zu schreiben, die allem Anschein nach im wahren Leben, durch ihre Geschichte und ihren Glauben nicht unbedingt beste Freunde werden würden.

Auch mein Wunsch nach Offenheit und Respekt allen Religionen gegenüber und mein Interesse an der Nahost - Politik haben mich dann letztendlich dazu bewogen, dieses Buch zu schreiben.

Die Stadt Manbij habe ich als Schauplatz ausgewählt, da der Protagonist meiner zwei Autobiografien aus dieser Stadt an der Grenze zur Türkei stammt und tatsächlich von dort während der Besetzung durch den Islamischen Staat sowie einer zweiwöchigen Gefangennahme in einem Umerziehungslager des IS geflohen war.

Der Grund für seine Gefangennahme durch den Islamischen Staat war der Handel mit Tabak, welcher in dieser Zeit unter den Gesetzen der Scharia[8] strengstens verboten war.

---

[8] Die Scharia ist das Rechtssystem des Islam. Sie umfasst die Gesamtheit aller religiösen und rechtlichen Normen des Islam.

Er wurde damals vor die Wahl gestellt sich den Kämpfern des IS anzuschließen oder zu sterben. Gott sei Dank war es ihm letztendlich gelungen zu fliehen und er ist nach mehrjähriger Flucht über die Türkei und Serbien im Jahr 2018 in Bremen angekommen. Über das, was er in der Gefangenschaft des Islamischen Staates erlebt hat, spricht er nicht.

Und nun wünsche ich viel Spaß bei der eigentlichen Geschichte.

Junis

Die Sonne brannte heiß auf seinem nackten Oberkörper. Der Schweiß rannte Junis über das Gesicht, tropfte vor ihm auf die ausgetrocknete Erde und verdampfte sofort wieder. Das Feld, auf dem er arbeitete, gehörte seinem Großvater und war über zehn Hektar groß. Für die Menschen, die daran vorbeifuhren, war es ein gewöhnliches Getreidefeld mit hochgewachsenen Pflanzen, dicht an dicht, die den Blick ins Innere des Feldes versperrten.

In der Mitte aber, war ein kleiner Teil des Feldes mit Tabakpflanzen angebaut. Sie überragten die Getreidepflanzen nicht und waren deswegen von der Straße her nicht einsehbar. Die Pflanzen waren gut einen Meter hoch und nun reif für die Ernte. Die Ränder der Blätter hatten sich bereits hell verfärbt und an einigen Stellen waren sie schon gelb-bräunlich.

Junis riss die Blätter zur Seite hin ab und verstaute sie in einem großen Jutesack, den er neben sich auf dem Boden stehen hatte. Immer wieder wischte er sich den Schweiß mit seinem Handrücken vom Gesicht und atmete durch. Es war sehr schwül heute und von weitem war ein dumpfes Grollen zu hören.

Er sah, dass dunkle Wolken aufzogen. Sie gaben ihm die Gewissheit, dass ein Gewitter im Anmarsch war und das Donnern nicht zu einer Bombardierung in der Ferne gehörte. Junis beeilte sich, um die Blätter trocken nachhause zu bekommen. Als der Sack voll war, verschnürte er ihn gut und bahnte sich mit einem Stock den Weg aus dem dichten Getreidefeld hinaus auf die Straße.

Hier hatte er sein Motorrad abgestellt, versteckt hinter zwei Granatapfelbäumen, sodass man es von der Straße nicht sofort entdecken konnte.

Mit einem lauten Knattern sprang das alte Motorrad an und er fuhr in Richtung Manbij City davon.

Tabakanbau war strengstens verboten. Alles hatte sich verändert in Manbij, seitdem 2014 der IS die Stadt eingenommen hatte. 2011 brach in Syrien der Bürgerkrieg aus, da war Junis zwölf Jahre alt. Alt genug, um zu verstehen, dass sich das Leben von nun an ändern würde. Bis dahin lebte er eine unbeschwerte Kindheit mit seiner Familie am Rande von Manbij.

Junis hatte neun Geschwister, vier Brüder und fünf Schwestern. Er war der Älteste der Jungen, nur zwei seiner Schwestern waren noch älter als er. Es war von Vorteil in der „Mitte" zu sein, dachte er oft. Man konnte von den Älteren lernen und das Gelernte an die jüngeren Geschwister weitergeben.

Junis war nicht sehr groß, keiner in der Familie war groß gewachsen. Aber er hatte große Hände, die kräftig zupacken konnten. Seine Haare waren schwarz mit einer leicht rötlichen Färbung, die zum Vorschein kam, sobald die Sonne darauf schien. Er war ein meist gutgelaunter junger Mann, der das Leben so nahm, wie es kam, wie es Allah für ihn gewählt hatte.

Seine Familie war sehr gläubig und sowohl die Männer als auch die Frauen gingen regelmäßig in die Moschee zum Beten. Als Kind hatte er die Koranschule in Manbij besucht und las noch heute täglich im Koran. Durch den Ausbruch des Bürgerkrieges, konnte er wie die meisten seiner Freunde die Schule nicht beenden.

Am Ende dieses Sommers würde er seinen 17. Geburtstag feiern, ein letztes Jahr Schonfrist. Dann würde er wie alle Männer zwischen 18 und 42 Jahren seinen Militärdienst ableisten müssen. Entkommen konnten diesem nur Männer, die nicht gesund waren oder keine Brüder hatten.

In Zeiten des Krieges wurde oft auch darauf keine Rücksicht genommen und es konnte sogar passieren, dass jüngere Männer rekrutiert wurden. Aber auch das würde er so hinnehmen.

Sein Traum war es zu studieren, vielleicht Rechtswissenschaften, Geschichte oder auch Islamwissenschaften und er war sich sicher, dass er es eines Tages schaffen würde.

*

Manbij gehörte zum Gouvernement Aleppo. Wenn man die Straße von Manbij aus noch circa 30 Kilometer weiter nach Nordosten fuhr, dann erreichte man eine Brücke, die über den Euphrat führte, der genau an dieser Stelle durch die Tabqa-Talsperre aufgestaut war.
Der Euphrat ist der größte Strom Vorderasiens, ungefähr 2800 Kilometer lang. Im Sommer fuhr Junis gerne mit seinen Freunden zum Ufer des Euphrats, um sich zu erfrischen und ein Bad in dem kühlen Wasser zu nehmen. Es waren schöne Tage, an die er sich gerne erinnerte, geprägt durch die Schule, die

Gänge zur Moschee, Familienfeiern und einfach nur Leben.

Als dann der Bürgerkrieg begann, wurde die Stadt Manbij immer wichtiger. Etwa ein Drittel der Bevölkerung waren kurdische Jesiden, der größte Teil der Bevölkerung aber bestand aus muslimischen Arabern.
Im Januar 2014 eroberte der Islamische Staat Manbij. Für sie war die Stadt, die nahe der türkischen Grenze lag, strategisch sehr wichtig, um einen Nachschub von ausländischen IS-Kämpfern aus der Türkei zu gewährleisten, aber auch um Kämpfer zum Beispiel nach Europa zu schicken, um Anschläge zu planen und zu verüben.

Mit ihrem Einzug in die Stadt war das leichte Leben vorbei. Die islamistischen Kämpfer achteten streng darauf, dass die Bevölkerung die Regeln der Scharia einhielt. Die Männer durften ihre Bärte nicht mehr schneiden und die Frauen mussten einen Gesichtsschleier tragen. Alkohol, Tabakkonsum und natürlich

auch der Anbau von Tabak war strengstens
verboten.

*

Junis trat auf sein Gaspedal. Das Grollen kam
immer näher. In der Ferne sah er bereits das
Haus seines Großvaters mit den angrenzen-
den Stallungen.

Er bremste etwas ab, um in der letzten Kurve
nicht von der Straße abzukommen. Nachdem
er die Kurve passiert hatte, wollte er gerade
wieder beschleunigen, da sah er sie.

Mit geschulterten Gewehren standen die
Männer auf der Straße und winkten ihm zu,
damit er anhielt. Junis überlegte kurz, ob er
einfach Gas geben sollte, dann bremste er
aber doch ab und hielt genau vor den vier
Männern an.

Sie sprachen nicht viel und zeigten mit ihren Waffenläufen auf den Jutesack, der auf dem Gepäckträger seines kleinen Motorrades festgeschnallt war. Langsam stieg Junis von seinem Motorrad ab. In seinem Kopf rasten die Gedanken, aber er wusste, dass er dieser Situation nicht entkommen konnte.

„Öffnen!", rief einer der Kämpfer im barschen Ton. Junis öffnete den Verschluss und zog den Sack langsam auf.

„Zurücktreten." Ein Mann, vermutlich der Anführer kam drohend näher, nahm den Sack und schaute hinein.

Ein Grinsen breitete sich auf seinem grobschlächtigen Gesicht aus.

„Na, was haben wir denn da?" Er zog einige von Junis´ mühselig geernteten Tabakblättern heraus und hielt sie in die Höhe, sodass auch die übrigen drei Männer sie beäugen konnten.

Alle kamen nun näher, um den Inhalt des Jutesacks genauer zu inspizieren.

In Junis kam kurz der Gedanke auf, sich ins nächste Feld zu retten, er verwarf diesen aber sofort wieder.

„Du weißt schon, dass der Besitz von Tabak „Haram" ist?"

Das Gesicht des IS-Kämpfers verfinsterte sich. Junis schwieg und versuchte sich durch gleichmäßiges Atmen zu beruhigen.

„Was sollen wir jetzt mit dir machen?"

Er schaute in die Runde und dann zurück zu Junis.

„Ich denke, wir nehmen dich mit in unser Lager. Einige Wochen in unserem Umerziehungslager könnten dir nicht schaden. Da kannst du über dein ungläubiges Verhalten nachdenken. Oder sollen wir dich gleich hier auf der Straße enthaupten? Wäre doch schade um dich, oder was meint ihr?"

Er schaute belustigt zu den anderen Männern und lachte herablassend. Die drei stimmten in sein Gelächter mit ein. Dann verstummte er.

Er packte Junis am Kragen und brachte ihn zu einem Auto, welches in der Nähe parkte und schob ihn unter eine Plane auf die Ladefläche, auf der schon drei weitere Männer saßen, die ihren Blick nach unten gesenkt hielten.

Ein Mann, ein sehr junger Mann, schaute ihn kurz an. Ihre Blicke trafen sich, dann schaute auch dieser wieder auf den Boden des Autos zurück.

Durch ein Loch in der Plane konnte Junis sehen, wie sie den Jutesack anzündeten und sein Motorrad von der Straße ins Feld zogen. Er hoffte, dass seine Familie auf der Suche nach ihm sein Motorrad am Straßenrand finden und die richtigen Schlüsse daraus ziehen würde.

Die Männer stiegen ein und das Auto fuhr mit unbekanntem Ziel los.

Rasho

Rasho schaute kurz auf, als die Plane hochgehoben wurde und ein wenig Licht ins Innere der Ladefläche schien. Er sah, wie die Terroristen des IS einen Jungen, der wohl ungefähr sein Alter haben musste hineinstießen. Dann schaute er wieder zum Boden des Autos ins Leere.

Seit Stunden schon saß er hier, die Hände auf den Rücken gebunden und fuhr mit den Kämpfern des IS planlos durch die Gegend. Er wusste nicht genau wo er war, aber da der Stützpunkt des IS Manbij war, konnten sie nicht allzu weit davon entfernt sein.

*

Sie hatten ihn heute Morgen auf dem Wochenmarkt in Manbij City angesprochen. Warum er seinen Bart gestutzt hätte, fragte ihn einer der Kämpfer, der dort mit seinem geschulterten Gewehr über die belebte Marktstraße flanierte und alles beobachtete. Ob er denn nicht wüsste, dass das gegen die Gesetzte des Islam sei?

„Ich bin kein Moslem", antwortete Rasho selbstbewusst.

„Ich bin Kurde und Jeside." Stolz und erhobenen Hauptes blickte er dem Mann direkt in die Augen. Dann ging alles ganz schnell. Der Mann schlug Rasho mit dem Gewehr gegen die Schläfe. Er hörte noch seine kleine Schwester aufschreien, dann verlor er das Bewusstsein.

Er erwachte von einem Ruckeln und Stimmengewirr, welches er in der Ferne hörte. Als er die Augen aufschlug, sah er, dass er sich auf der Ladefläche eines Fahrzeuges befand. Sein Kopf schmerzte höllisch und er hatte Blutgeschmack im Mund.

Durch einen Riss in der Plane, die über die Ladefläche gespannt war, schien etwas Licht hinein und so konnte er sich ein wenig im Inneren umschauen.

Er saß inmitten von Kisten und Kartons. Einige Kisten waren geöffnet und er konnte sehen, dass sich Gemüse und Getreide darin befanden. Seine Hände schmerzten von dem Strick, mit dem sie auf seinem Rücken zusammengebunden waren. Er versuchte sie so wenig wie möglich zu bewegen.

Rasho versuchte sich zu erinnern, was passiert war. Das Letzte, was er wusste war, dass ihn ein Kämpfer des IS auf seinen Bart angesprochen hatte. Er war den Anhängern des IS immer aus dem Weg gegangen, das musste er seiner Mutter versprechen.

*

Rasho lebte mit seiner Familie im kurdischen Teil von Manbij. Sein Vater hatte jahrelang für die Freiheit und Unabhängigkeit der Kurden gekämpft und war vor einem Jahr getötet worden, als er mit den kurdischen Kämpfern der YPG in einen Hinterhalt des IS geriet.

Freunde hatten ihn heimgebracht. Rasho erinnerte sich noch genau an diesen Tag, als es an der Tür des kleinen Hauses klopfte und der beste Freund seines Vaters mit gesenktem Kopf davorstand. Seine Mutter wusste sofort, was passiert war und brach in Tränen aus. Rasho hielt seine kleine Schwester fest in den Armen, die bei dem Anblick der weinenden Mutter und der vielen fremden Männer ängstlich zu schreien begann.

Er wusste, er war jetzt der einzige Mann im Haus und verantwortlich für seine Familie. Er musste stark sein und durfte sich nicht dem Schmerz hingeben, den er beim Anblick seines toten Vaters empfand.

Sie waren jetzt nur noch zu dritt - zu viert, wenn man es ganz genau nahm. Seine Mutter trug das Baby ihres toten Mannes unter ihrem Herzen.

Einen Monat später wurde sein kleiner Bruder Aras geboren. Er war gesund und munter. Seine Mutter kümmerte sich nun intensiv um das kleine Baby und den Haushalt und er nahm seine kleine Schwester Bahar überall mit hin und half so gut er konnte.

Rasho war groß gewachsen und schlaksig, genauso wie sein Vater es gewesen war. Er war seinem Vater sehr ähnlich, nicht nur äußerlich. Seine Haare waren tiefschwarz und er hatte dichte Augenbrauen, die seine braunen Augen betonten. Er war ein stolzer junger Mann und wollte unbedingt seinem Vater folgen und für die Freiheit der Kurden kämpfen. Aber er hatte seiner Mutter versprochen bei der Familie zu bleiben.

Seitdem der IS in Manbij einmarschiert war, war es für die Kurden besonders gefährlich.

Sie bildeten nur einen kleinen Teil der Bevölkerung und der IS versuchte mit aller Strenge ihren radikal islamistischen Glauben in dieser Stadt umzusetzen.

Rasho versuchte sich zurückzuhalten, obwohl er wie sein Vater sehr aufbrausend war. Aber auf dem Markt, wo er mit seiner kleinen Schwester Bahar Gemüse und Fleisch für das Mittagessen einkaufen sollte, konnte er es nicht.

Der Blick des IS-Kämpfers war so provokant, dass er alles vergaß, was er seiner Mutter versprochen hatte.

*

Immer wieder hielt das Auto an und er hörte das Geschrei, welches von außerhalb zu ihm drang. Manchmal fuhr das Auto danach weiter, aber zwei Mal schon wurde die Plane geöffnet und es kam ein „Passagier" dazu. Der Luftstrom, der jedes Mal ins Innere drang, brachte ein wenig Erleichterung. Die Sonne schien unermüdlich auf das Autodach und das Atmen fiel Rasho schwer. Er betete, dass die Fahrt bald enden würde, egal wo, nur raus hier. Aus der Ferne hörte er ein leichtes Donnern und er hoffte, dass es ein Gewitter war, welches Abkühlung und somit Erleichterung bringen würde.

Dann hielt das Auto ein weiteres Mal an. Er hörte, wie gesprochen wurde, aber er konnte nicht genau verstehen, worum es ging.

Rasho sprach kurdisch und arabisch. Die meisten syrischen Kurden lernten beide Sprachen. In der Schule wurde arabisch gelehrt, kurdisch war verboten. Aber zu Hause sprachen sie nur kurdisch. Seine Mutter sprach nur sehr wenig arabisch. Es war sehr schwer für sie diese Sprache in ihrem Alter noch zu lernen. Sie hatte bis zur Heirat mit seinem Vater ausschließlich kurdisch gesprochen, da sie nie eine Schule besucht hatte.

Dann wurde die Plane des Autos erneut auf-gezogen und ein junger Mann wurde hinein-gestoßen. Ihre Augen trafen sich für einen kurzen Moment.

In seinen Augen sah Rasho etwas kämpferi-sches, ein stolzer Blick. Es war, als würde er in den Spiegel, in seine eigenen Augen schauen. Ein seltsames Gefühl, nur ein kurzer Augenblick, den er nie wieder in seinem Le-ben vergessen würde.

Draußen hörte er ein Feuer knistern. Bei der Trockenheit durchaus ein gefährliches Unter-fangen. Dann wurde der Motor angelassen und die Fahrt ging weiter. Das Auto raste die schmalen, schlecht ausgebauten Straßen ent-lang. Jedes Mal wenn es ruckelte, war es sehr schwierig mit den fest zusammengebundenen Händen das Gleichgewicht zu halten, um nicht umzukippen.

Rasho stemmte seine Füße auf den Boden und versuchte sie gegen eine Kiste zu drü-cken. Das gab ihm etwas Halt.

Nach einer knappen Stunde wurde das Auto langsamer und kam zum Stehen. Die Plane wurde jetzt komplett hochgezogen.

Unter lautem Gelächter kamen einige Männer an die Ladefläche und begannen die Kisten abzuladen. Ganz zum Schluss kam der Mann, den Rasho schon vom Markt her kannte. Er fuchtelte wild mit seinem Gewehr herum und trieb die vier Männer von der Ladefläche runter. Es war äußerst kompliziert mit auf dem Rücken gefesselten Händen aufzustehen.

Der Körper des jungen Mannes und seiner berührten sich dabei. Der Blick des anderen sagte ihm: „Stemme dich gegen mich, dann wird es leichter." Rasho tat es.

Die Fesseln wurden ihnen abgenommen. Rasho sah, dass sie in einem Lager waren. Sie befanden sich in einem Zeltlager, in dessen Mitte ein großes Lagerfeuer loderte.

Weiter hinten gab es noch einige Steinhäuser, vor denen Wachen standen, die die Eingänge bewachten. Überall liefen Kämpfer des IS herum, auch ein paar Frauen waren darunter.

Man befahl ihnen sich an das Feuer zu setzen, um das bereits weitere Männer hockten. Einige Frauen eilten herbei und gaben ihnen Wasser und etwas zu Essen.

Er rieb sich die schmerzenden Handgelenke. Seine Augen suchten den Blick des jungen Mannes, der aber zu sehr damit beschäftig war zu trinken und zu essen, als dass er Rashos Blicke wahrnahm.

Nachdem sie sich gestärkt hatten, wurden sie zu einem der hinteren Steinhäuser geführt. Die Wachen, die mit Sturmgewehren die Eingänge bewachten, musterten die Männer abschätzend, bevor sie die Tür freigaben.

Sie kamen in einen Raum, in dem zwei Tische und einige Stühle standen. Am anderen Ende des Raumes gab es eine weitere Tür, die in einen Gang führte, von dem zu beiden Seiten mehrere Räume abgingen, die mit schweren Türen verschlossen waren.

Immer zwei Männer wurden ziemlich grob in einen Raum gestoßen und hinter ihnen die Tür verriegelt. Rasho versuchte in der Nähe des jungen Mannes zu bleiben, in der Hoffnung die Zelle mit ihm teilen zu können. Er hatte den Blick des Mannes nicht vergessen, der ihm so vertraut schien.

Als die nächste Tür geöffnet wurde, schob man ihn hinein und schubste ihn unsanft auf eine Pritsche, die an einer Wand stand. Er stieß mit dem Kopf gegen den Holzpfosten der Pritsche und wurde sofort bewusstlos.

In den Fängen des IS

Junis kniete in der Ecke seines Gefängnisses vor seiner Pritsche und betete. Seitdem er in dieser Zelle war, betete er schon das zweite Mal zu Allah ihn aus dieser misslichen Lage zu befreien.

Der junge Mann, mit dem er sich diesen Raum teilte, lag noch immer regungslos auf seinem Bett, stöhnte im Halbschlaf und schlief dann wieder ein. Er war ausgerutscht, als sie ihn in die Zelle gestoßen hatten und mit dem Kopf gegen den Pfosten des Bettes gestoßen. Seitdem lag er dort und bewegte sich nicht. Junis war schon mehrere Male zu ihm gegangen, um nach ihm zu schauen. Es war alles in Ordnung mit ihm. Der junge Mann atmete tief und ruhig.

Er sah, dass er noch eine weitere Verletzung an seiner Schläfe hatte und auch um seinen Mund herum war er blutig verschmiert. Sie schienen ihm ordentlich zugesetzt zu haben. Schlafen war sicherlich das Beste für ihn, um wieder zu Kräften zu kommen. Als guter Moslem war es seine Pflicht sich um ihn zu kümmern, auch wenn dieser Junge eindeutig kein Moslem war.

Junis hatte nichts gegen diesen jungen Mann, aber die Zelle mit einem „Ungläubigen" zu teilen, jemanden der nicht zu Allah betete, behagte ihm nicht.

Als er sein Beten beendet hatte, riss er von seinem Oberteil ein Stück Stoff heraus, tunkte es in den Wasserkrug, der auf dem Tisch stand und säuberte dem fremden Jungen das Gesicht vom Blut.

An seinem äußeren Erscheinungsbild konnte er erkennen, dass er kein Moslem war. Wahrscheinlich war er ein Kurde und Jeside und wegen seines abrasierten Bartes von der Terrormiliz festgenommen worden.

*

Alle Freunde von Junis waren Moslems. Für Junis gab es nur den einen und nur den islamischen Glauben, ein anderer Glaube wurde nicht akzeptiert in seinen Kreisen.

In Manbij lebten Moslems und kurdische Jesiden zusammen. Bis zum Ausbruch des Krieges war es ein friedliches Nebeneinander. Man akzeptierte den jeweils anderen, aber man hatte in der Regel keinen nennenswerten Kontakt miteinander.

Seit der Bürgerkrieg ausgebrochen war, wurde die Stimmung zwischen den verschiedenen Glaubensrichtungen und Kulturen aufgeheizt, ja regelrecht angestachelt. Man beäugte sich mit Argwohn und versuchte sich aus dem Weg zu gehen.

Nun musste er die Zelle mit einem ungläubigen Jesiden teilen und würde das Beste daraus machen.

*

Rasho spürte ein Dröhnen in seinem Kopf, als er erwachte. Vorsichtig öffnete er die Augen. Sein Blick fiel auf eine Steinmauer. In den Fugen zwischen den Steinen hatte sich Schimmel gebildet und die Steine glänzten feucht.

Er versuchte sich zu erinnern, was geschehen war und wo er sich befand. Aber so ganz bekam er die Geschichte nicht mehr zusammen. Hinter sich hörte er ein leises Murmeln. Langsam drehte er sich um und sah den jungen Mann, den er schon von der Ladefläche des Autos her kannte, wie dieser vor seinem Bett kniete und betete.

Er blieb ganz still liegen, wollte ihn nicht stören in seinem Gebet.

Er hatte schon oft zugeschaut, wenn ein Moslem betete. In der Schule, wo sie zusammen Unterricht hatten, gab es regelmäßige Gebetspausen. Es war nicht sein eigener Glaube, aber es faszinierte ihn. Das gleichmäßige Gemurmel des Gebetes, immer wieder unterbrochen durch den Satz „Allah 'Akbar", Gott ist groß, beruhigte ihn.

Junis beendete sein Gebet und drehte sich um. Er hatte bemerkt, dass der Junge erwacht war. „Hallo, endlich wieder da?" Er ging zum Bett des anderen und kniete sich nieder.

„Wie geht es dir?"

„Es geht schon, danke."

Rasho setzte sich auf. „Wer bist du?"

„Ich bin Junis. Ich komme aus Manbij und wer bist du?"

„Rasho, ich heiße Rasho. Meine Familie stammt auch aus Manbij. Wo sind wir hier?" Er schaute immer wieder zu Junis, während er aufstand und sich in dem spärlich eingerichteten Raum umschaute. Außer den zwei Pritschen gab es noch ein Loch, in dem sie ihre Notdurft verrichten sollten und einen Tisch ohne Sitzgelegenheiten, aber mit einem Wasserkrug.

„Der IS hat uns geschnappt." Junis lachte kurz auf. „Ich weiß nicht was dir passiert ist, aber mich haben sie bei der Tabakernte erwischt. Fast hätte ich es bis nachhause geschafft. Aber dann standen sie plötzlich auf der Straße und haben sie blockiert, kurz vor dem Haus meines Großvaters, zu dem ich die Tabakblätter zum Trocknen bringen wollte. Und was ist dir passiert?"

„Ich weiß nicht genau." Rasho kratzte sich am Kopf. „Ich war auf dem Wochenmarkt in der Stadt, da sprach mich einer an. Er fragte nach meinem Bart, warum ich ihn gekürzt habe. Danach weiß ich nichts mehr."

„Tja, und nun sind wir zusammen hier." Junis lachte. „Du bist Kurde und Jeside, hab´ ich recht?"

„Ja, genau, dass du Moslem bist, habe ich ja gerade gesehen."

„Hast du ein Problem damit?" Junis schaute Rasho mit zusammengekniffenen Augen an. „Nein, du mit mir?"

Rasho versuchte ebenso grimmig zu blicken, was ihm aber nicht gelang.

„Nein, ich kann damit leben", antwortete Junis mit einem kleinen Lächeln.

„Die Frage ist, wie komme ich hier wieder raus?"

„Du meinst, wie kommen „Wir" hier wieder raus." Rasho setzte sich jetzt wieder auf sein Bett und machte es sich so weit wie möglich bequem.

Er setzte sich in den Schneidersitz und schaute Junis herausfordernd an.

„Wir?"

Junis blickte erstaunt zu Rasho.

„Ja, wir. Oder glaubst du, du schaffst es alleine?"

Junis lachte und warf den Kopf in den Nacken. „Ich weiß nicht, ob wir ein gutes Team abgeben würden. Ein Jeside und ein Moslem."

„Einen Versuch wäre es wert."

Rasho stand jetzt auf, ging zu Junis und blickte ihm in die Augen.

„Hör mal zu Junis. Egal ob Moslem oder Jeside. Der IS hat uns und du weißt, was das bedeutet. Wir werden nicht viel Zeit haben, um hier unbeschadet rauszukommen. Also, lass uns jetzt zusammenraufen. Hinterher kann jeder wieder seinen Weg gehen."

Junis drehte sich um und setzte sich auf sein Bett. Er dachte kurz nach und murmelte ein kurzes Gebet zu Allah. Dann stand er auf, ging auf Rasho zu und gab ihm die Hand. „Ok, abgemacht. Lass es uns zusammen versuchen. Du hast Recht."

In diesem Moment wurde der Riegel der Tür ihres Gefängnisses beiseitegeschoben und die Tür ging krachend auf. Ein schwerbewaffneter Mann erschien im Türrahmen und schob ihnen mit seinem Fuß Essen in die Zelle. „Hier, esst. Ihr werdet viel Kraft und Allahs Hilfe für Morgen brauchen."
Dann fiel die Tür zurück ins Schloss und der Riegel wurde vorgeschoben. Der Spuk war so schnell vorbei, wie er gekommen war.

Junis und Rasho nahmen das Essen und setzten sich beide auf ihre Betten.

„Dann erzähl mir von dir Rasho. Ich möchte dich kennenlernen, damit ich weiß, ob ich dir vertrauen kann."

„Ok und danach erzählst du mir von dir, damit ich sehe, ob ich dir trauen kann."

Rasho bemerkte ein Blinzeln in Junis Augen und lächelte zurück.

Den Rest des Tages verbrachten sie damit, sich kennenzulernen. Sie hatten viel Zeit sich gegenseitig zuzuhören. Sie erzählten von ihren Familien, Freunden, von der Schule und wie sie am liebsten ihre Zeit verbrachten. Irgendwann in der Nacht schliefen beide erschöpft von den Ereignissen der letzten Stunden ein. Bis dahin hatte jeder dem anderen sein Leben offengelegt.

Sie waren vor dem Bürgerkrieg in dieselbe Schule gegangen, waren sich aber nie dort begegnet. Junis und Rasho erkannten, dass sie einige Gemeinsamkeiten hatten.

Beide trafen sich gerne mit ihren Freunden und verbrachten die langen Sommertage am

Euphrat. Sie liebten das Faulenzen und liebten das Leben.

Der Krieg hatte beider Leben verändert, komplett ins Wanken gebracht, hatte das ganze Land verändert.

*

Junis und Rasho erwachten am nächsten Morgen vom Geschrei einiger Männer. Es kam von außerhalb des Gebäudes und schien direkt vor ihrem Fenster zu sein.

In ihrer Zelle war nur ein kleines vergittertes Fenster, das so hoch war, dass Junis sich an den Gitterstäben hochziehen musste, um etwas sehen zu können.

„Kannst du erkennen, was da los ist?", fragte Rasho.

„Da knien Männer auf dem Boden. Neben ihnen sind IS-Kämpfer, die sie anschreien."

„Was sagen sie?"

„Ich weiß nicht genau. Ich höre nur etwas von ungläubigem Verhalten und dass dies ihre letzte Chance sei."

Junis lies die Gitterstäbe wieder los und sprang auf den Boden der Zelle zurück.

Nun versuchte auch Rasho am Fenster hochzuspringen. Er packte die Stäbe und zog sich daran hoch.

„Jetzt führen sie die Männer weg, dabei schlagen sie mit Stöckern nach ihnen."

Er ließ wieder los und fiel schwer auf den Fußboden zurück.

Junis hatte damit begonnen sich mit dem Wasser aus dem Krug zu waschen. Die Zeit für sein Mittagsgebet, das Zuhr[9] Gebet, war gekommen.

---

[9] Die fünf Gebete des muslimischen Glaubens werden Fajr, Zuhr, Asr, Maghrib und Isha genannt. Sie sind vor Sonnenaufgang, kurz nach Mittag, in der Mitte des Nachmittags, nach Sonnenuntergang und in der Nacht zu verrichten.

Ohne die rituelle Waschung konnte er es nicht durchführen. Vor der Tür sah Rasho zwei kleine Schalen mit Essen stehen. Anscheinend hatten sie so tief geschlafen, dass sie nicht bemerkt hatten, dass die Tür geöffnet und Essen hineingestellt wurde. Er nahm das Essen und stellte es auf den Tisch. Rasho wollte warten, bis Junis sein Gebet beendet hatte.

Junis wusch sich die Hände bis zum Handgelenk gründlich. Danach nahm er mit seiner rechten Hand Wasser in den Mund, spülte ihn sich damit aus, wusch sich das gesamte Gesicht und fuhr sich durch den Bart. Anschließend wusch er sich die Handgelenke bis zu den Ellenbogen. Dies alles wiederholte er jeweils drei Mal.

Dann fuhr er sich ein Mal mit den feuchten Händen von vorne bis Hinten durch die Haare und säuberte seine Ohren. Als letztes wusch er sich drei Mal den rechten und drei

Mal den linken Fuß bis zu den Knöcheln. Jetzt begann er sein Gebet.

Rasho schaute sich die rituelle Waschung und das Gebet genau an, vielleicht könnte es für ihn nochmal nützlich sein zu wissen, wie die Gebetswaschung „Wudu" abläuft.

Als Junis sein Gebet beendet hatte, begannen sie mit dem Essen. Das Essen war einfach. Es bestand aus Wasser, Brot und etwas Gemüse. Sie sprachen nicht viel, jeder hing seinen Gedanken nach.

Nach einigen Minuten hörten sie wie Schritte näher kamen, die Tür wurde geöffnet. Zwei bewaffnete Männer standen vor der Tür. Der eine der beiden trat in die Zelle und zeigte auf Rasho.

„Du, komm mit."

Rasho sprang auf und ging zur Tür. Der Mann schob ihn grob aus der Zelle raus. Auch Junis stand auf und wollte Rasho folgen.

„Nein", rief der Mann.

„Du bleibst hier."

Rasho drehte sich zu Junis um. Ihre Augen trafen sich und Junis sah ein Aufkeimen von Angst in Rashos Augen.

„Alles gut", sagte Junis und hielt dem Blick von Rasho einen Moment lang stand. Er wollte ihm Stärke geben und Zuversicht. Dann wurde die Tür von außen verschlossen und er hörte wie sich die Schritte der Gruppe entfernten.

Junis begann sofort ein Gebet, um Rasho Stärke zu geben und Allah zu bitten, ihm beizustehen. Er versuchte durch das Fenster zu erkennen, ob Rasho vielleicht auf den Hof geführt wurde. Aber er konnte ihn nirgends entdecken.

Es wurde viel erzählt in der Stadt, was mit denen passierte, die sich nicht nach den Regeln der Scharia verhielten.

Es wurde sogar von Fällen berichtet, wo die Männer und auch Frauen sofort hingerichtet wurden. Von Enthauptung und langer Folter wurde vereinzelt erzählt, aber auch von Umerziehung zum islamischen Glauben. Jesiden waren oft davon betroffen und einige, die in den Lagern der IS-Kämpfer verschwanden, kamen hinterher als gläubige Muslime wieder heraus. Zumindest hatte es den Anschein. Aber sie waren auch gebrochene Männer und redeten nicht viel über das, was im Lager passiert war. Sie waren nicht mehr dieselben Menschen wie vorher.

Junis war sehr zuversichtlich, dass Rasho zu denen gehörte, die eine Umerziehung zum islamischen Glauben, so wie der IS ihn interpretierte, „genießen" würde. Der IS hatte seine eigene Art den Koran zu interpretieren. Selbst sehr gläubige Moslems lebten den islamischen Glauben nicht so, wie der IS es in den Gebieten befahl, die er unter seine Herrschaft gebracht hatte.

Sie führten Rasho raus aus der Zelle, den langen Gang entlang. Am Ende bogen sie nicht rechts ab zur Tür, durch die sie gestern gekommen waren, sondern links.

Hier führte eine Treppe steil nach unten. Jeden Meter, den die Gruppe zurücklegte, wurde es kälter und Rasho fröstelte leicht. Unten angekommen, gingen sie einen schmalen Gang entlang.

Rasho spürte während des gesamten Weges den Gewehrlauf seines Bewachers im Rücken, der ihn jedes Mal, wenn er langsamer wurde, drängte weiter zu gehen.

Die Wände bestanden aus Felsen, an denen die Feuchtigkeit herunterlief und Rasho vermutete, dass sie sich in einem Berg befanden, obwohl er bei der Ankunft im Lager keine Berge gesehen hatte. Vielleicht war es aber auch eine unterirdische Höhle, denn die Treppe hatte sie bestimmt 50 Meter weit in die Tiefe geführt.

Als er nach vorne schaute sah er, dass der Gang sich in einiger Entfernung zu einem Raum wandelte, der hell erleuchtet war.

Er sah Männer, die auf einem Gebetsteppich knieten und ihr Haupt gesenkt hielten. Einige wagten einen Blick, als er in den Raum geführt wurde, bekamen aber augenblicklich einen Schlag auf die Fußsohlen von einem Mann, der direkt danebenstand.

Man brachte Rasho zu einem Tisch, auf dem eine Schale mit Wasser stand, und befahl ihm, sich zu waschen. Er war froh, dass er heute Morgen sehr aufmerksam Junis' Waschung gefolgt war. So war es ihm möglich diese fehlerfrei durchzuführen.

Als er fertig war sah er, dass sein Bewacher ihn zwar streng, aber auch erstaunt ansah. Er hatte wohl nicht damit gerechnet, dass er die rituelle Waschung beherrschte. Nun wurde er zu einem freien Gebetsteppich geführt.

„Zieh deine Schuhe aus", befahl ihm der Mann, dessen Gewehrlauf er während des langen Weges ununterbrochen im Rücken gespürt hatte. Rasho tat es und kniete sofort nieder, wie er es bei den anderen Männern gesehen hatte.

Danach stellte sich sein Bewacher an die Wand, an der schon weitere Mitglieder der Terrororganisation standen und keine Miene verzogen. Es war eine gespenstische Stille im Raum, keiner sagte ein Wort. Rasho schaute vorsichtig nach rechts, um einen Blick seines Nachbarn zu erhaschen, der aber bewegungslos auf den Boden starrte.

Nach einer gefühlten Ewigkeit hörte er ein Schlurfen und sah aus dem Augenwinkel, wie ein Mann mit weißem Gewandt den Raum betrat. Er hatte eine weiße Kopfbedeckung auf und Rasho wusste, dass es ein Imam war.

In den nächsten Stunden lernte Rasho alles, was er wissen musste, um ein Gebet durchzuführen. Es waren feste Abläufe, mit stets wiederkehrenden gleichen Gebetstexten aus dem

Koran, die er sich nicht alle merken konnte und er wollte es auch nicht.

In ihm sträubte sich alles dagegen ein muslimisches Gebet abzuhalten. Er war tolerant gegenüber Moslems und akzeptierte ihren Glauben, aber er war Jeside und wollte es auch bleiben.

Der Schlag traf ihn hart und raubte ihm den Atem. Scheinbar hatte er einen Fehler begangen, der zur Folge hatte, dass er mit einem Weidenstock einen Schlag auf seine Fußsohlen bekam.

Rasho konnte sich kaum halten vor Schmerz, aber er war sich sicher, dass die Konsequenzen fatal wären, wenn er jetzt auch noch umkippen würde.

Sein Bewacher zischte ihm unverständliches „Zeug" entgegen. Rasho versuchte sich wieder voll zu konzentrieren, was ihm aber kaum gelang. Immer wieder hörte er den Stock auf jemanden niedersausen. Manchmal vernahm er danach Schmerzenslaute, aber meistens hatten sich die Männer gut im Griff.

Einige Male noch, musste auch Rasho einen Schlag einstecken.

Jeder Schlag bedeutete höllische Schmerzen und er wusste, dass er es nicht mehr lange durchhalten würde. Kurz bevor er sich entschloss einfach aufzugeben und ihm alle Konsequenzen gleich waren, wurde die Lektion beendet.

Die Männer mussten aufstehen und wurden von ihren Begleitern zurück in die Zellen geführt. Der Weg dorthin war härter als die gesamte Prozedur davor. Jeder Schritt schmerzte unerträglich. Er hatte das Gefühl, als würde er auf heißen Kohlen laufen.

*

Den ganzen Tag lag Junis auf seinem Bett und wartete auf Rasho. Der Begriff Bett war für das, auf was er hier lag, eigentlich zu hoch gegriffen.

Im Prinzip waren es nur Holzbretter, die zu einer Art Bett zusammengezimmert waren, mit einem dünnen Tuch zum Liegen und einem ebenso leichten Tuch als Bettdecke. Das Kopfkissen bestand aus einem Jutesack, gefüllt mit Stroh. Aber alles war besser als auf dem Fußboden zu schlafen. Junis war genügsam. Ihm reichte das, was Allah für ihn gewählt hatte. Wenn Allah diese Prüfung für ihn wollte, so würde er sie mit Dankbarkeit hinnehmen.

Es mochten wohl so fünf Stunden vergangen sein, als Junis Schritte und Stimmen auf dem Gang vor der Zelle vernahm. Die Tür wurde entriegelt, geöffnet und Rasho wurde hineingestoßen. Junis sprang auf und konnte ihn gerade noch auffangen, bevor er das Gleichgewicht verlor. Er stützte ihn und zog ihn auf sein Bett.

„Alles gut mit dir Rasho? Was ist passiert?".

„Alles gut, danke. Ich bin nur sehr erschöpft."

„Was haben sie mit dir angestellt?"

„Alles halb so schlimm. Ich habe Einweisungen für mein erstes Gebet erhalten."

Er lächelte schwach. „Mein Kopf schwirrt von all dem Zeug, welches ich mir heute anhören musste, entschuldige."

„Na dann, hast du ja was Gutes gelernt." Junis wirkte ein wenig reserviert.

„Entschuldige, Junis. Ich wollte deinen Glauben nicht beleidigen. Aber mein Kopf ist wie indoktriniert von all den Versen, die ich immer und immer wieder aufsagen musste. Für jeden Fehler, den ich gemacht habe, gab es einen Stockschlag auf die Fußsohlen."

Er hob die Füße hoch, sodass Junis seine blutigen Fußsohlen sehen konnte. Dieser sprang entsetzt auf, um Rashos Füße zu inspizieren.

„Oh, bei Allah dem Allmächtigen. Das sieht übel aus, warte."

Er nahm das Stück Stoff, welches er gestern schon aus seiner Kleidung gerissen hatte, goss etwas Wasser darüber und tupfte Rashos Füße damit ab. Dann riss er ein weiteres Stück Stoff ab und band es um Rashos Füße.

„Das kühle Wasser wird den Schmerz ein wenig mildern. Jetzt leg dich hin, damit die Wunden abheilen können."

„Danke, das ist sehr nett von dir. Übrigens, du kannst mich gleich in dein Gebet einweihen. Von jetzt an muss ich fünf Mal täglich beten. Sie werden kontrollieren, ob ich es tue." Rasho lächelte gequält.

Den Rest des Tages verbrachten sie liegend auf ihren Betten. Rasho nickte immer wieder ein, er hatte starke Schmerzen. Junis hörte wie er manchmal im Schlaf wimmerte.

Immer wenn er Schritte vor der Tür vernahm, spannte sich Junis' Körper an, denn er glaubte, dass sie auch ihn jetzt holen würden. Aber sie holten ihn nicht. Irgendwann fiel auch er in einen unruhigen Schlaf.

Ab und zu schreckte er hoch, weil er Geräusche hörte, die er nicht zuordnen konnte. Einmal dachte er sogar, er hätte Schüsse gehört und das Schreien von Männern, wusste aber nicht, ob er es vielleicht nur geträumt hatte.

Der nächste Tag verlief genauso wie ihr erster Tag im Gefängnis. Wieder wurde Rasho abgeholt und kam stundenlang nicht wieder. Junis war sehr unruhig. Immer wieder lief er in der Zelle hin und her, nur unterbrochen durch seine Gebete.
Er betete viel mehr, als er es für gewöhnlich tat. Ständig sprach er Koranverse vor sich hin. Er betete für seine Familie, für sich und auch für Rasho.

Junis machte sich viele Gedanken über seine Eltern. Wussten sie was ihm passiert war, wo er war? Hatte vielleicht jemand seine Eltern informiert, dass der IS ihn gefangen genommen hatte? Hatte eventuell sogar der IS seine Eltern aufgesucht und hatte er seine Familie mit seinem Handeln in Gefahr gebracht? Fragen, die ihn nicht zur Ruhe kommen ließen.

Vom Hin und Her Laufen hatte sich auf dem Boden der Zelle schon eine kleine Spur gebildet. Sie führte von seinem Bett zur Tür, dann zum Fenster und wieder zurück zum Bett.

Gegen Abend wurde Rasho wieder zurückgebracht. Er sah furchtbar aus. Sein rechtes Auge war zugeschwollen und seine Wangen waren blutrot. Als er wieder etwas zu sich gekommen war, erzählte er, dass er Koranverse auswendig lernen musste. Dieses Mal bekam er bei jedem Fehler, den er machte, einen Schlag ins Gesicht.

Ein Schlag traf ihn genau am Auge, welches daraufhin sofort zu schwoll. Nicht einmal Wasser hatte er bekommen, den ganzen Tag über, geschweige denn etwas zu Essen.

Junis sah, wie Rasho eine Träne aus dem gesunden Auge rann. Er schaute beschämt weg. „Männer weinen nicht", hatte er schon früh in seiner Kindheit gelernt.

Er erinnerte sich noch genau an den Tag, als sie seine Mutter mit einem Krankenwagen abholten. Sie hatte an diesem Tag seinen kleinen Bruder zur Welt gebracht. Alles war gut verlaufen. Stolz lag sie in ihrem Bett, umgeben von der Familie.

Sie winkte Junis zu sich her und klopfte auf den Platz neben sich, damit er sich zu ihr auf das Bett setzte.

„Schau Junis, das ist Amin. Du bist jetzt ein großer Bruder."

Junis streichelte die kleinen Hände seines Bruders und sah das kleine verknitterte Gesicht, das noch ganz rot von den Anstrengungen der Geburt war. Er blickte zu seiner Mutter hoch, die erschöpft, aber sehr glücklich aussah. Sein kleiner Körper richtete sich voller Stolz und Freude auf. Er war jetzt der „Große" und er wusste, dass er von diesem Zeitpunkt an verantwortlich war für Amin, seinen kleinen Bruder. Damals war Junis gerade erst vier Jahre alt gewesen.

Zwei Stunden später bekam seine Mutter starke Schmerzen und sein Vater rief den Krankenwagen. Irgendetwas war schief gelaufen bei der Geburt. Sie bekam Blutungen, die von Minute zu Minute stärker wurden. Als der Krankenwagen mit seiner Mutter vom Hof fuhr, lief er weinend und schreiend hinterher. Nach ein paar Metern konnten seine kleinen Beine nicht mehr mithalten und er blieb vor Erschöpfung stehen. Von hinten umfasste jemand seine Schultern. Er drehte sich um und sah seinen Großvater.

Sein Großvater kniete sich zu ihm nieder und schaute ihm fest in die Augen. Mit strenger Stimme erklärte er Junis, dass ein Mann nicht weint.

„Du musst deine Gefühle immer unter Kontrolle haben."

Junis schluckte und wischte sich die Tränen mit dem Handrücken vom Gesicht. Dann wurde der Blick seines Großvaters milde.

Er nahm ihn an die Hand und sagte: „Komm Junis, wir gehen ins Haus. Alles wird gut werden mit deiner Mutter. Allah ist mit ihr und wird sie beschützen. Nichts geschieht ohne Allahs Willen."

Von diesem Tag an verlor Junis nie wieder eine Träne.

*

Er hörte Rasho neben sich wimmern und plötzlich kam das Gefühl von damals wieder in ihm hoch. Er musste diesen Jungen beschützen.

Allah hatte sie hier zusammengeführt, der Allmächtige hatte es so gewollt. Es war ein Zeichen von Allah, dass er hier mit Rasho, einem Jesiden zusammen in einer Zelle saß. Sie hatten beide denselben Feind, trotz ihres unterschiedlichen Glaubens. Er musste ihm helfen seinen Glauben zu finden, mit Allahs Hilfe würden sie es gemeinsam schaffen.

Er ging zum Bett von Rasho und packte ihn an den Schultern. Rasho öffnete erschrocken die Augen und sah Junis' entschlossenen Blick auf sich gerichtet.

„Rasho, wir müssen hier raus. Lange hältst du diese Torturen nicht mehr durch. Mit Allahs Hilfe werden wir es schaffen hier zu entkommen. Vertrau mir."

Rasho griff nach Junis' Hand und drückte sie einmal fest. Dann schlief er wieder ein.

Junis konnte kaum schlafen in dieser Nacht. Seine Gedanken rasten und ließen ihn nicht zur Ruhe kommen. Immer wieder stand er auf und ging zu Rashos Bett hinüber, der sich unruhig hin und her wälzte und immer wieder vor Schmerzen stöhnte.

Als er zum wiederholten Mal Rashos Wunden mit Wasser säuberte, wachte dieser auf. Still beobachtete Rasho Junis und ließ alles mit sich geschehen.

Rasho sah seine Mutter vor sich, die ihn aufopfernd pflegte, so wie sie es getan hatte, als er noch ein kleines Kind war, ohne Verantwortung, ohne Angst und Sorgen. Wenn es ihm nicht gut ging, konnte er sich einfach fallen lassen, seine Eltern waren immer für ihn da und halfen ihm.

Sie hatten es gut in Manbij, auch wenn sie als Jesiden eine Minderheit in der kleinen Stadt vertraten. Es gab viele verschiedene Glaubensrichtungen in der kleinen Stadt und alle lebten friedlich miteinander.

Dann kam der Bürgerkrieg und wiegelte die Menschen gegeneinander auf. Niemand traute dem anderen und es entstand manchmal so etwas wie Hass unter den verschiedenen Religionen, den es zuvor in dieser Weise nicht gegeben hatte.

Für Rasho war diese Situation schwer zu ertragen. Er war ein sensibler junger Mann, der nie Streit suchte. Aber er hatte seine Familie, sie gab ihm Halt und war das Wichtigste in seinem Leben.

In dieser Zeit schloss sich sein Vater der kurdischen Freiheitsbewegung an, der YPG. Der Islamische Staat eroberte immer mehr Gebiete und übernahm mehr und mehr die Kontrolle in Syrien. Sie kämpften gegen den Islamischen Staat, versuchten sie zu vertreiben und diese Gebiete für die Kurden einzunehmen.

Dann wurde sein Vater getötet und alles änderte sich. Vorbei war es mit der unbeschwerten Kindheit. Er war von einem Tag auf den anderen das Familienoberhaupt, musste erwachsen sein, war verantwortlich für seine Mutter und seine Geschwister.

Nun war er hier im Gefängnis und seine Mutter mit den kleinen Geschwistern alleine zuhause. Eine Panik breitete sich in ihm aus. „Junis", sagte er mit fester Stimme und berührte ihn dabei am Arm. Junis hielt inne und schaute zu Rasho.

„Du hast Recht, wir müssen hier raus."

Die beiden blickten sich in die Augen und verstanden sich, ohne ein Wort zu sprechen.

„Jetzt schlaf Rasho, damit du morgen früh ausgeruht bist, wenn sie dich holen."

Rasho drehte sich um und schlief sofort ein.

In seinem Traum lief er über Felder auf denen meterhohe Getreidepflanzen wuchsen und ihm Schutz vor neugierigen Blicken gaben. Er lief und lief, immer weiter und weiter. Die Sonne brannte auf seinen Schultern und er war glücklich und frei. Plötzlich hörte er, dass neben ihm jemand lief. Er hörte das Rascheln der Blätter und ein Atmen, welches immer näherkam.

Er versuchte schneller zu rennen, um dem Verfolger zu entkommen.

„Rasho komm schnell." Die Stimme kam ihm bekannt vor.

„Wir müssen hier raus", rief die Stimme ihm zu.

Eine Hand Griff nach ihm und zog an seinem Arm. Er drehte sich voller Angst um und blickte in das lachende Gesicht von Junis.

*

Am nächsten Morgen erwachte Rasho durch ein kratzendes Geräusch. Er sah, dass Junis am Gitter des Fensters hantierte.

„Was machst du da?"

Er stand auf und ging zu Junis.

„Guten Morgen, wie geht es dir heute?"

„Schon besser. Versuchst du das Gitter aus der Mauer zu lösen?"

„Ja, schau. Ich habe einen Stein gefunden, der ist hier vorne ziemlich spitz."

Er zeigte Rasho einen kleinen Stein, der an einer Seite eine spitze Kante hatte und wie ein zu kurz geratenes Messer aussah.

„Die Mauer ist ziemlich bröckelig und man kann kleine Teile mit dem Stein herausmeißeln."

„Glaubst du, dass wir durch dieses kleine Fenster fliehen können? Was ist mit den vielen Wachen die überall herumstehen?"

„Wenn wir es nicht versuchen, werden wir hier nie herauskommen, Rasho."

„Warte ich helfe dir."

Rasho begann die Zelle nach einem ähnlichen Stein abzusuchen, konnte aber keinen finden.

„Wir können uns abwechseln. Dann kann einer an der Tür aufpassen, falls jemand kommt.", sagte Junis zu Rasho.

„Gute Idee Junis, lass mich mal."

„Nein, du bist noch zu schwach. Ich bin gut bei Kräften, setz dich an die Tür und pass auf."

Rasho tat wie ihm Junis befahl und war tatsächlich erleichtert, dass er vorerst nur sitzen und horchen musste.

Sein Körper schmerzte noch von der Tortur der letzten zwei Tage und sein Magen knurrte vor Hunger. Er nahm sich das Stück Brot, welches auf dem Tisch lag und aß es gierig.

Gestern Abend war er zu schwach gewesen, um zu essen.

Junis ackerte unermüdlich und hatte schon einen kleinen Teil des Gitters freigelegt. Erschwert wurde die Arbeit durch die Höhe des Fensters.

Immer wieder musste er an dem Gitter hochspringen und sich mit einer Hand daran festhalten, um mit der freien Hand an den Rändern des Gitters arbeiten zu können. Es war eine sehr mühsame und kräftezehrende Arbeit.

„Sag mal, Junis, warum baust du Tabak an, wenn du weißt, dass es verboten ist?"

„Unsere Familie ist groß, Rasho. Seit der IS in der Stadt ist, haben wir Mühe die Familie satt zu bekommen. Ich habe neun Geschwister und die Großeltern müssen auch versorgt werden. Mein Großvater ist schon sehr alt und kränklich. Er kann seine Felder nicht mehr selber bewirtschaften", sagte Junis.

„Hat dein Großvater früher den Tabak angebaut?"

„Ja, damit hat er sein Geld verdient. Die Geschäfte liefen sehr gut. Die ganze Familie konnte davon gut leben. Als der IS kam, lagen die Felder brach. Dann habe ich die Arbeit übernommen. Ich habe Getreide auf seinen Feldern angebaut und in der Mitte Tabak angepflanzt."

„Und wo hast du die Tabakblätter verkauft? Das war doch viel zu gefährlich für alle Beteiligten!"

„Ja." Junis lachte.

„Ich verkaufe sie in der Türkei. Nach der Ernte der Blätter trockne ich diese in der Scheune meines Großvaters und fahre dann zum Verkauf über die Grenze in die Türkei. Da habe ich feste Abnehmer. Bisher hat es immer gut geklappt. Nur an diesem Tag leider nicht." Er zuckte mit den Achseln und lachte verschmitzt.

„Ich wollte studieren".
Rasho stand auf und ging zu Junis.

„Das war mein größter Traum.“

„Was willst du studieren?“

Junis ließ vom Fenster ab und schaute Rasho an.

„Medizin in Damaskus. Danach vielleicht noch ein Auslandsjahr in Europa.“

„Was hindert dich daran es zu tun, Rasho?“

Rasho nahm Junis den Stein aus der Hand, sprang am Gitter hoch und begann stumm am Fenster zu arbeiten.

„Ich frage dich nochmal. Was hindert dich daran es zu tun?“

„Der Krieg, Junis. Der IS, die ganze Situation in Syrien und schau wo wir jetzt sind. Wer weiß, ob wir hier jemals lebend wieder rauskommen werden.“

„Du musst daran glauben Rasho. Wenn es das ist, was Allah für dich gewählt hat, dann wirst du es auch schaffen. Und wenn Allah uns beisteht und er es will, dann werden wir mit seiner Hilfe aus dem Gefängnis entfliehen können. Aber du musst beten und an Allah glauben, das ist wichtig.“

Rasho schaute Junis schweigend an. Er sah den Glanz in seinen Augen. Sie strahlten Zuversicht und Stärke aus. Er spürte, wie Junis ihn mit seiner Euphorie ansteckte.

„Du hast Recht, Junis. Wir müssen hier raus." Er sprang wieder am Fenster hoch und begann wie ein Besessener an der Mauer zu hämmern.

Rasho glaubte ebenso wie Junis an einen Gott. Nur nannte er ihn nicht Allah. Die Jesiden nennen ihn Xwede, aber es war derselbe Gott, zu dem sowohl die Moslems, als auch die Christen beten.

Die Jesiden glauben nicht an ein Leben im Paradies nach dem Tod. In ihrem Glauben wandert die Seele nach dem Tod weiter in einen neuen Körper. Paradies und Hölle gibt es nicht. Der jesidische Glaube wird mündlich weitergegeben, so etwas wie den Koran, die Bibel oder die Thora existiert nicht. Niemand kann zum jesidischen Glauben konvertieren, man wird hineingeboren.

Als ein größerer Brocken von der Mauer abplatzte, sprang Rasho zurück auf den Boden. Junis inspizierte die abgeplatzte Stelle an der Wand.

„Oh nein, schau dir das an Rasho."

„Ist das Gitter schon locker?" Auch Rasho schaute sich nun seine Arbeit genauer an.

„Das Gitter ist groß", sagte Junis resigniert. „Zu groß. Es reicht die ganze Mauer entlang. Da müssten wir die ganze Wand aufmeißeln, um es vom Fenster zu lösen."

Junis riss Rasho den Stein aus der Hand, sprang am Fenster hoch und hämmerte wie wild auf die Mauer ein.

„Junis, leise!" Rasho wurde unruhig.

„Wenn dich jemand hört sind wir geliefert".

„Das ist mir egal Rasho, ich lass mich nicht einsperren. Ich bin Moslem und niemand sagt mir, was ich zu tun habe, außer Allah befiehlt es mir."

Rasho lief zum Fenster, sprang ebenfalls hoch und umfasste den Arm von Junis, mit dem er die Wand malträtierte.

„Lass mich, Rasho. Wir müssen hier raus." Er versuchte sich aus Rashos Umklammerung zu befreien.

„Ja, wir müssen hier raus, aber so schaffen wir es nie. Wir müssen es mit Köpfchen machen, um diese Bestien zu überlisten."

Langsam beruhigte sich Junis wieder. Rasho merkte, wie sich Junis' Arm nicht mehr gegen seinen Griff wehrte und er löste seine Hand. Vorsichtig zog er Junis auf den Boden zurück und nahm ihm den Stein aus der Hand.

„Wir müssen genau überlegen, wie wir es schaffen zu entkommen Junis. Wir haben nur einen Versuch, mehr nicht."

„Du hast Recht Rasho, es tut mir leid, entschuldige. Ich habe uns mit meinem Verhalten in Gefahr gebracht."

„Ist schon gut. Lass uns die nächsten Tage abwarten, was passiert. Genau beobachten, vielleicht bekommen wir auch Kontakt zu anderen Gefangenen. Wir müssen etwas über das Lager herausfinden. Wo es sich genau befindet, wie es aufgebaut ist."

*

An diesem Tag verrichteten Junis und Rasho das erste Mal zusammen das Mittagsgebet. Junis sprach die Verse vor und Rasho wiederholte sie. Er bat Allah um Vergebung für sein aufbrausendes Verhalten, mit dem er Rasho und sich in Gefahr gebracht hatte.

Nicht in seinen Träumen hätte Rasho jemals gedacht, dass er neben einem Moslem knien und ein muslimisches Gebet verrichten würde.

Aber es war die einzige Möglichkeit hier zu überleben und das Lager hoffentlich schnell und unbeschadet wieder verlassen zu können. Er dachte an seine Mutter, seine Schwester und seinen Bruder. Sie brauchten ihn und er wollte alles tun, um sie wiederzusehen und wenn er sich dafür wie ein Moslem verhalten musste, dann würde er es tun. Im Herzen aber blieb er Jeside und würde es immer bleiben.

*

Nach dem Gebet setzten sie sich auf ihre Betten und aßen. Rasho war sehr ruhig und sprach kaum. Junis beobachtete ihn und ließ ihn seinen Gedanken nachhängen.

Er wusste, dass es für Rasho nicht leicht war hier im Lager. Er wurde gezwungen einen Glauben zu leben, der nicht sein eigener war. Nicht auszudenken, wenn er selber in diese Situation kommen würde.

Vor der Tür wurde es unruhig. Junis sprang vom Bett auf und horchte an der Tür. „Sie hämmern an die Türen", rief er Rasho zu.

Nur kurz danach hämmerte es auch an ihrer Tür. Junis und Rasho stellten sich beide vor ihren Betten auf, als die Tür zu ihrem Gefängnis geöffnet wurde. Ein bewaffneter Mann schrie: „Los raus hier, schnell!"

Junis und Rasho beeilten sich aus der Zelle zu kommen und stellten sich vor der Tür auf, so wie der Mann es ihnen zeigte.

Zwei IS-Kämpfer gingen den Gang entlang und klopften an jede Tür. Der Gang war unendlich lang. Junis versuchte in der Dunkelheit das Ende zu erkennen, aber der Gang machte ungefähr dreißig Meter weiter eine Biegung nach rechts, sodass er nicht sehen konnte, wie weit er tatsächlich reichte. Aber er sah die Männer, die alle steif vor den offenen Türen ihrer Zellen standen und ängstlich und erwartungsvoll auf weitere Anweisungen warteten. Jeder versuchte den Blick des anderen zu erhaschen, um Antworten zu finden über das, was jetzt mit ihnen geschehen würde.

Einige Minuten später kamen die Männer wieder zurück. Hinter ihnen marschierten die Gefangenen und alle reihten sich hinten ans Ende, sobald die Gruppe an ihnen vorbeizog. Auch Junis und Rasho schlossen sich dem Marsch an und folgten der Gruppe, bis sie draußen auf dem Platz standen, an dem sie vor einigen Tagen angekommen waren.

Sie mussten sich alle in Reihen zu je fünf Männer aufstellen und durften sich nicht rühren. Es war Mittagszeit und die Sonne brannte mit ihrer ganzen Kraft auf die kleine Gruppe hinunter.
Rasho schaute sich vorsichtig im Lager um. Überall standen schwerbewaffnete Wachen, die die Männer nicht aus den Augen ließen. Er schaute zu Junis, der neben ihm stand und

dessen Blick genau wie seiner durch das gesamte Lager schweifte. Irgendwann trafen sich ihre Blicke und Rasho sah die Resignation in Junis' Augen. Eine Flucht aus dieser Festung schien unmöglich zu sein.

Nach einer Ewigkeit öffnete sich die Tür eines Holzhauses und ein Mann, gefolgt von zwei weiteren Männern, trat heraus. Er streckte sich und gähnte. Dann schlurfte er zu der Gruppe herüber, immer dicht gefolgt von seinen Lakaien.

Er baute sich vor Junis, Rasho und den anderen Gefangenen auf und versuchte möglichst herablassend zu schauen, was ihm auch gelang.

„Männer, ihr alle seit hier in unserem Lager, weil wir euch noch nicht ganz aufgegeben haben. Wir wollen euch die Gelegenheit geben, noch einmal über euer Verhalten gegen die geltenden Gesetze der Scharia nachzudenken. Am Ende könnt ihr frei wählen, ob ihr euch unserer „Sache" anschließt oder als Ungläubige für immer in der Hölle schmoren wollt.

Diejenigen unter euch, die Allah der Barmherzige auswählt, werden mit uns zusammen für die „Sache" kämpfen und das Land von den Ungläubigen befreien.

Ihr werdet jetzt zu einem Marsch aufbrechen, der eure Körper und euren Geist auf Hochtouren bringen wird. Versucht nicht zu fliehen. Jeder der die Flucht unserer „Sache" vorzieht, wird auf der Stelle mit Allahs Wille in die Hölle katapultiert."

Rasho merkte wie Junis neben ihm unruhig wurde.

„Wie kann er es wagen, den islamischen Glauben für seine Verbrechen zu missbrauchen", zischte Junis kaum hörbar zu Rasho gewandt, verstummte aber sofort wieder, als er von Rashos Seite einen kleinen Hieb spürte.

„Ruhig Junis, so hilfst du niemandem, schon gar nicht dir selbst."

Rashos Stimme klang ruhig aber bestimmt.

Der ganze Trupp setzte sich in Bewegung. Sie verließen das Lager durch ein großes Tor.

Das erste Mal sahen Junis und Rasho wo sich das Lager befand. Es musste ein gutes Stück außerhalb von Manbij sein. Man konnte nur in der Ferne die Umrisse einzelner zerstörter Häuser sehen, ansonsten war es eine öde Landschaft, mit vielen Feldern, die zum größten Teil brach lagen.

Hier zu fliehen, kam einem Selbstmordkommando gleich. Man konnte Kilometer weit sehen, eine Flucht war ausgeschlossen.

Es war wie ein Schweigemarsch, keiner sprach ein Wort. In der Ferne hörten sie Kampfflugzeuge und Bombenexplosionen. Seit über vier Jahren herrschte nun schon der Bürgerkrieg. Syrien wurde vom Regime, vom iranischen Militär und von den Russen bombardiert. Der IS hatte schon viele Gebiete unter seine Herrschaft gebracht.

Rasho wünschte sich ein Ende dieser Schreckensherrschaft, er wollte einfach nur in Frieden leben, nicht hier durch die Einöde laufen, wollte zur Schule gehen, wollte lernen. Die Tränen schossen ihm in die Augen und ließen ihn blinzeln.

Er schaute zu Junis, der stur geradeaus schauend, mit versteinerter Miene über die mit rotem Sand gepuderte Landschaft lief. Er schluckte seine Tränen runter und marschierte weiter.

„Aufgeben ist keine Option." Junis' Worte klangen in seinen Ohren.

*

Nach sechsstündigem Fußmarsch kehrte die Gruppe müde und erschlagen ins Lager zurück. Einige ließen sich einfach fallen und blieben liegen, als sie auf dem Platz ankamen, auf dem sich das Lagerfeuer befand.

Junis und Rasho setzten sich ans Feuer, um sich zu wärmen. Es gab Wasser und eine rote Linsensuppe mit Brot.

Junis stöhnte vor Erleichterung auf, als er die ersten Bissen gegessen hatte und trank den Krug mit einem Mal leer.

„Man bin ich geschafft." Er lachte und hielt Rasho die Hälfte seines Brotes hin. Der griff danach und nickte erleichtert.

„Ich auch Junis. Trotzdem weiß ich nicht, was mir dieser lange Marsch durch die Einöde, außer Blasen an den Füßen, gebracht hat." „Ich denke, die wollen unseren Willen brechen, uns schwach machen", sagte Junis. „Einfach nur zeigen, dass sie mit uns machen können was sie wollen. Aber das schaffen sie bei mir nicht. Ich habe nichts falsch gemacht. Ich bin ein treuer Diener Allahs und ich weiß, er wird mir helfen hier rauszukommen, wenn es sein Wille ist. Ich habe auch für dich gebetet, Rasho."

Rasho nickte Junis dankbar zu. „Danke Junis, das weiß ich zu schätzen. Ich weiß wie unterschiedlich wir sind. Unsere Kultur und unser Glaube sind nicht dieselben und wenn wir uns außerhalb dieses Lagers kennengelernt hätten, dann hätten wir wohl kein Wort mehr miteinander gesprochen, als nötig. Aber hier, in diesem Lager, sind wir gleich. Zumindest sind wir in der gleichen Situation und haben denselben Feind. Wir wollen beide raus und zwar so schnell wie möglich."

Er nahm ein Schluck Wasser aus dem Krug, dann sprach er weiter.

„Wenn ich es mir so recht überlege, dann haben wir mehr gemeinsam, als wir uns eingestehen würden."

„Ich sage dir eines Rasho, wenn es irgendetwas Positives gibt, was ich hier mitnehme, falls wir das alles hier überleben, dann ist es, dass ich dich hier kennengelernt habe. Du hast Recht, wir haben vieles gemeinsam und zusammen werden wir es schaffen hier rauszukommen. Ich bin mir ganz sicher."

Die Tage flogen dahin. Rasho und Junis wurden mal einzeln, aber auch mal zusammen aus der Zelle zu den „Lektionen" geholt, die Umerziehung genannt wurden. Rasho lernte schnell und hatte bald nicht mehr viel auszustehen. Jeden Abend bevor sie schliefen, erzählten sich die beiden von ihrem Leben in Manbij, welches bisher recht ähnlich verlaufen war.

„Weißt du", sagte Junis eines Abends zu Rasho, als sie nach einem anstrengenden Tag auf ihren Kojen lagen. „Ich glaube, ich habe noch nie so viel Zeit mit einem anderen Menschen verbracht, soviel geredet, soviel von mir preisgegeben. Ich vertraue dir Rasho, mehr als jedem meiner Freunde. Du bist wie ein Bruder für mich geworden."

„Mir geht es genauso, Junis. Kannst du dich noch daran erinnern, als wir uns das erste Mal gesehen haben?"

„Du meinst hier in der Zelle?"

„Nein, das erste Mal haben wir uns gesehen, als sie dich gefangen genommen haben, auf der Landstraße, als sie dich auf die Ladefläche des Autos gebracht haben. Ich habe in deine Augen geschaut und ich wusste sofort, da ist etwas zwischen uns. Mir war, als würde ich in meine eigenen Augen blicken."

„Ja, ich erinnere mich. Du hast kurz hochgeschaut. Ich war mit meinen Gedanken bei meinem Motorrad und meinen Tabakblättern, die brennend auf der Straße lagen." Er lachte laut. „Aber ich erinnere mich an dich."

„Was meinst du, wie lange sie uns hier noch festhalten werden, Junis?"

„Ich weiß es nicht, Rasho. Lass uns jetzt schlafen, morgen ist auch noch ein Tag."

*

Am nächsten Morgen wurden sie zu einem Training an der Waffe gerufen.

Ein Kämpfer, der über und über mit Waffen behangen war, stand in der Mitte des großen Platzes des Lagers.

Vor ihm baute sich der Anführer des Lagers auf, den Junis und Rasho bereits ein Mal kennengelernt hatten.

„Männer, bald wird eure Entscheidung fallen."

Er schaute vielsagend in die Runde.

„Die Entscheidung darüber, ob ihr euch unseren Kampf gegen die „Ungläubigen" anschließt oder nicht. Ihr könnt frei wählen, die Entscheidung liegt bei euch. Solltet ihr euch gegen unsere „Sache" entscheiden, müsst ihr die Konsequenzen tragen und werdet vor eurem Schöpfer, Allah den Barmherzigen, treten und für ewig in der Hölle schmoren. Also, ihr habt die Wahl. Ich will heute sehen, wie ihr an der Waffe arbeitet, um zu entscheiden in welcher Einheit ihr euren Weg für Allah finden werdet. Also gebt euer Bestes."

Nach seiner Rede schlurfte er zu seinem Haus und ließ sich schwerfällig auf einen Stuhl fallen, der davorstand. Er lehnte sich zurück, verschränkte die Arme vor der Brust und beobachtete versteinert das Geschehen in der Mitte des Lagers.

Weder Rasho noch Junis hatten bisher eine Ausbildung an der Waffe gehabt. Beide waren bisher zu jung für den Wehrdienst.

Sie wurden in die gleiche Gruppe eingeteilt und gingen mit vier weiteren Gefangenen etwa 100 Meter weit aus dem Lager.

Neben einem Baum war ein Gebilde aufgebaut, welches einem Menschen ähnelte.

Ein Kämpfer baute sich neben der Gruppe auf und zeigte auf das Ziel in der Ferne.

„Ihr habt jeder fünf Schuss. Versucht nur den Oberkörper zu treffen."

Er gab sein Gewehr an einen jungen Mann, der ungefähr das gleiche Alter hatte wie Junis und Rasho.

„Du machst den Anfang. Gib dein Bestes."

Der Mann schaute unsicher zu den anderen. Dann nahm er das Gewehr und legte an.

Rasho sah wie er leicht zitterte und sah zu Junis, der direkt neben ihm stand.

Auch Junis bemerkte die Unsicherheit des Mannes. Er ballte seine Fäuste, um seine Wut zu unterdrücken.

Der Mann drückte ab. Der erste Schuss ging weit daneben. Auch der zweite Schuss traf nicht sein Ziel. Erst beim vierten Mal traf die Kugel in das Bein des vermeintlichen Opfers. Der Mann drehte sich zur Gruppe um. Der Schweiß tropfte von seiner Nase. Der IS-Kämpfer riss ihm das Gewehr aus den Händen und schupste ihn weg.

Er gab das Gewehr an Junis weiter, der es mit fester Hand nahm.

„Ich hoffe, du machst es besser als dein Vorgänger."

Junis hatte das letzte Mal vor langer Zeit ein Gewehr in den Händen gehabt, als er mit seinem Großvater auf Blechdosen schoss.

Er nahm das Gewehr und stellte sich in Position.

Rasho hielt die Luft an, als Junis den ersten Schuss abfeuerte.

Junis hielt das Gewehr ganz ruhig und konzentriert. Der Schuss traf genau ins imaginäre Herz der Puppe. Ohne Pause feuerte Junis die restlichen Schüsse in Richtung des Baumes. Er verfehlte nur ein Mal, die übrigen Kugeln trafen gezielt in den Oberkörper.

Triumphierend übergab er dem IS-Kämpfer das Gewehr und stellte sich wieder in die Reihe.

„Respekt", sagte dieser und musterte Junis von oben bis unten.

„Du wirst ein guter Kämpfer werden. Ich behalte dich im Auge."

Jetzt ging die Reihe an Rasho. Mit festem Griff nahm er das Gewehr und stellte sich zum Schuss auf.

Rasho hatte erst ein Mal im Leben ein Gewehr in der Hand gehabt. Er versuchte sich daran zu erinnern. Er war damals 12 Jahre gewesen und hatte beobachtet, wie sein Vater

Schießübungen in einem kleinen Wäldchen außerhalb Manbij machte. Als sein Vater ihn sah, winkte er Rasho zu sich her und gab ihm das Gewehr. Er erinnerte sich, dass er recht zögerlich das Gewehr in die Hand nahm. Es war viel zu groß für ihn, aber sein Vater zeigte ihm, wie man es richtig hielt und zusammen feuerten sie ein paar Kugeln auf einen Baum, der in der Nähe stand.

Rasho versuchte sich genau daran zu erinnern, was sein Vater ihm damals erklärt hatte. Er nahm das Ziel ins Visier, dann drückte er ab. Der Schuss ging daneben. Er atmete einmal tief durch und drückte erneut ab. Dieses Mal traf der Schuss in den linken Arm. Die nächsten zwei Schüsse gingen daneben, aber der letzte traf genau in den Oberkörper.
„Gar nicht mal so übel."
Der Kämpfer nahm Rasho das Gewehr ab und gab es weiter.
Auch die restlichen Männer lieferten ganz passable Ergebnisse.

Sie wollten sich gerade auf den Weg zurück ins Lager machen, da stoppte der Kämpfer die Gruppe.

Er ging auf den Schützen zu, der am Anfang so miserabel geschossen hatte.

„Du! Komm raus aus der Reihe. Wie ist dein Name?"

„Mein Name ist Hiwa", sagte dieser mit ängstlicher Stimme.

Dann drückte er ihm erneut das Gewehr in die Hände. Langsam ging er weiter durch die Gruppe. Vor Rasho blieb er kurz stehen, dann entschied er sich aber doch weiterzugehen. Rasho atmete kaum hörbar aus. Schließlich winkte er einen jungen Mann aus der Reihe, der neben Junis stand und befahl ihm 50 Meter weiter zu gehen und stehen zu bleiben. Dann wandte er sich wieder Hiwa zu.

„Ich gebe dir noch eine letzte Chance. Vielleicht triffst du besser, wenn du ein echtes Ziel vor Augen hast."

Hiwas Augen weiteten sich vor Entsetzen.

„Du hast einen Schuss ihn zu treffen."

„Nein, das mache ich nicht."

Hiwa wurde panisch. Er schaute die anderen in der Gruppe mit flehenden Augen an.

Keiner wagte etwas zu sagen oder sich zu bewegen. Alle hielten den Atem an.

„Entweder er oder du. Es liegt ganz bei dir."

Hiwa legte langsam das Gewehr an.

Rasho konnte es kaum aushalten. Junis spürte wie er neben ihm immer unruhiger wurde.

„Bleib ruhig Rasho, wir können nichts tun."

Hiwa zielte und drückte ab. Er riss das Gewehr im letzten Moment nach rechts. Jeder konnte sehen, dass er nicht treffen wollte.

Auch dem Kämpfer entging es nicht.

Wütend entriss er Hiwa das Gewehr.

„Du hattest deine Chance."

Dann machte er einen Schritt zurück und schoss Hiwa direkt in die Brust.

Rasho schrie auf und wollte auf ihn zulaufen, doch Junis konnte ihn im letzten Moment zurückhalten.

Hiwa fiel um und blieb regungslos liegen.

Nun richtete der Kämpfer das Gewehr auf die Gruppe.

„Will es etwa noch jemand versuchen?"

Er lachte höhnisch und zielte abwechselnd auf jeden Einzelnen in der Gruppe.

Dann pfiff er den jungen Mann, der in der Ferne die Hände vor das Gesicht geschlagen hatte wieder her. Er zeigte auf Junis und Rasho.

„Ihr zwei tragt den Feigling zurück ins Lager."

Schweigend setzte sich die Gruppe in Bewegung. Junis und Rasho hoben Hiwa vorsichtig hoch. Es war nicht mehr weit bis zum Lager.

Rasho spürte die Last kaum. Er war voller Adrenalin und konnte sich innerlich kaum beruhigen.

Nach ein paar Minuten erreichten sie das Lager.

„Lasst ihn hier auf dem Platz liegen", sagte der Kämpfer zu Junis und Rasho.

„Jeder soll sehen, was einem Feigling passiert."

Junis und Rasho ließen Hiwas Körper vorsichtig runter.

„Und jetzt alle in die Zellen".

Rasho wollte Hiwa nicht alleine zurücklassen, aber Junis zog ihn einfach mit sich.

Wieder in ihrer Zelle, begann Junis sofort mit der Gebetswaschung. Rasho machte das Gebet dieses Mal nicht mit, sondern starrte stumm ins Leere und Junis drängte ihn auch nicht dazu. Nach dem Gebet aßen sie Brot und legten sich zum Schlafen. Keiner sagte ein Wort. Rasho drehte sich sofort zur Wand um. Er wollte nicht reden, wollte nicht denken, einfach nur schlafen und vergessen. Junis ließ ihn in Ruhe. Auch er hatte keine große Lust auf eine Unterhaltung und war überwältigt und bedrückt von den Ereignissen des Nachmittags.

Nach dem heutigen Tag war eines klar. Sie mussten hier raus und zwar schnell.

Flucht

In der Nacht erwachte Rasho von lautem Geschrei. Die Stimmen kamen von draußen, aber er konnte nicht verstehen, was genau sie sprachen. Es musste aber irgendwas passiert sein, denn die Stimmen klangen sehr aufgeregt.

„Junis, wach auf. Hörst du das auch?"
Junis brummelte: „Ach Rasho, was ist denn? Ich habe gerade so schön geträumt. Lass mich weiterschlafen."
Rasho sprang jetzt aus seinem Bett, lief zu Junis rüber und rüttelte ihn kräftig.
„Wach auf."
„Rasho was ist denn, ich will…..", dann hielt er inne und horchte.
„Hörst du das Rasho, da scheint was passiert zu sein."
Er lief zum Fenster und sprang an den Gitterstäben hoch.
„Kannst du etwas erkennen, Junis?"

„Es ist sehr dunkel, aber es laufen viele Männer über den Platz, sie scheinen total konfus zu sein. Sie laufen alle zu dem großen Haus am Ende des Lagers."

Er zog sich noch etwas höher, sodass er sein Knie auf den Fenstersims legen konnte und damit einen besseren Halt hatte.

„Die Männer, die zurückkommen, sind mit schweren Waffen behangen und laufen zum Tor, raus aus dem Lager. Ich höre was von „Angriff". Ich glaube das Lager wird angegriffen, Rasho."

Er ließ die Gitterstäbe jetzt wieder los.

In der Ferne hörten sie das dumpfe Grollen von sich nähernden Kampfflugzeugen und erste Explosionen. Die Schreie der Männer wurden jetzt lauter und auch die Gefangenen fingen an sich zu rühren. Sie wollten aus ihren Zellen raus.

„Wir müssen hier raus, Junis. Das ist ein Angriff auf das Lager, sie werden alles in die Luft sprengen."

„Ruhig bleiben, Rasho. Wir können nichts tun, wir kommen hier nicht raus."

Wieder schlug eine Rakete im Lager ein. Putz fiel von den Wänden und eine Staubwolke drang durch das Fenster ins Innere ihrer Zelle. Junis kniete sich vor sein Bett und begann ein Gebet. Er bat Allah ihnen zu helfen und den Weg hinaus aus dem Gefängnis zu zeigen.

Rasho war entsetzt über die Ruhe, die Junis in sich trug, in dieser Situation beten zu können. Er bewunderte ihn aber auch gleichzeitig, dass er nicht panisch wurde.

In ihm lief alles auf Hochtouren. Die Einschläge kamen jetzt näher und er konnte vom Fenster aus erkennen, dass auf der anderen Seite des Lagers die Häuser getroffen waren. Rauch stieg auf und die Dächer brannten lichterloh. Die Männer liefen schreiend aus dem brennenden Haus. Die Kleidung einer der Männer hatte Feuer gefangen und die anderen versuchten ihn mit Wasser zu löschen. Zwei weitere trugen einen Verletzten aus dem getroffenen Haus. Sein Kopf hing nach hinten und Rasho sah, dass er keine Beine mehr hatte. Entsetzt sprang er wieder auf den Boden zurück und drehte sich zu Junis um.

„Die Kampfflugzeuge sind jetzt direkt über uns, Junis."

Er rannte zu Junis, riss ihn raus aus seinem Gebet und zog ihn hastig unter das Bett.

In diesem Moment rumste es einmal heftig und die Außenwand ihrer Zelle fiel in sich zusammen. Ein feiner Staub verbreitete sich überall und die beiden fingen an zu Husten und zu Keuchen.

Junis schien wieder zu sich zu kommen und übernahm sofort die Initiative.

„Wir müssen raus, Rasho. Schnell, hilf mir die Steine wegzuschieben."

Das Geröll der zerstörten Mauer hatte sich vor dem Bett aufgetürmt und sie versuchten mit aller Kraft sich einen Weg aus ihrem Versteck zu bahnen, bevor die nächste Rakete einschlug. Da sie sich nicht gut unter dem niedrigen Bett bewegen konnten, war es nicht leicht, die vielen Steine wegzuschieben. Das Bett hatte sich gesenkt unter der Last der Trümmer und erschwerte die Arbeit dadurch erheblich.

Aus den Nebenzellen schrien die anderen Gefangenen. Es war ein grausiges Schreien. Es roch nach verbranntem Fleisch. Durch die sich schnell verbreitende Hitze konnten die beiden kaum atmen.

Rasho merkte, dass Junis´ Bewegungen langsamer wurden.

„Junis, was ist los? Alles klar bei dir?"

Junis hustete hektisch.

„Ich kann nicht atmen, wir werden ersticken. Oh Allah, du Barmherziger, hilf uns hier raus."

In Rasho braute sich plötzlich ein unglaublicher Lebenswille zusammen, der ihm eine unbändige Kraft gab. Mit allem was er hatte trat und schob er gegen die Geröllmassen vor dem Bett. Die Schmerzen, die er dabei in den

Händen und Füßen hatte spürte er kaum. Er wollte hier nur raus und leben.

Ein weiterer Einschlag ließ die Erde erzittern und Rasho hielt die Luft an. Einige der Steine wurden dermaßen erschüttert, dass sie anfingen sich zu bewegen. Rasho nutzte diesen Moment, um noch einmal kräftig dagegen zu treten. Die Steine rollten zur Seite und ein kleiner Fluchtweg wurde frei.

„Komm Junis, raus hier."

Er rollte sich unter dem Bett vor und stand im Freien. Das Haus, in dem sich ihr Gefängnis befunden hatte, gab es nicht mehr. Es waren nur noch die Reste der Mauern vorhanden.

Auch Junis krabbelte jetzt unter dem Bett hervor. Sie schauten sich beide an und lachten.

„Geschafft, Rasho! Wir haben es geschafft. Allah hat uns den Weg gewiesen."

Das komplette Lager glich einem Trümmerfeld. Überall brannte es, Männer und Frauen liefen schreiend durch die zerstörten Häuser. Einige der Kämpfer schossen wahllos durch die Gegend.

„Komm!" Junis riss Rasho aus seinen Gedanken. „Weg hier, schnell."

Sie rannten los, einfach nur weg, weit weg von diesem Ort.

Nach gefühlten Stunden, die sie ohne zurückzublicken durch die Einöde der Landschaft gelaufen waren, sah Rasho in einiger Entfernung ein kleines Wäldchen.

„Lass uns dorthin gehen, Junis", sagte Rasho. „Es wird bald dunkel werden. Vielleicht finden wir einen guten Platz zum Übernachten."

Junis drehte sich das erste Mal, seitdem sie aus dem Lager geflohen waren, um. Das Bombardement hatte aufgehört, aber in der Ferne konnte man noch Rauchschwaden aufsteigen sehen.

„Ich denke, das IS-Lager ist Vergangenheit.", sagte er zu Rasho.

„Alhamdulillah"[10], erwiderte Rasho und beiden mussten lachen.

---

[10] Arabisch: Gott sei Dank

Sie machten sich auf den Weg zu dem kleinen Wäldchen. Es würde ihnen Schutz vor der brennenden Sonne und auch vor eventuellen Verfolgern geben.

Nach zehn Minuten erreichten sie ihr Ziel.

Junis ließ sich hinter dem Stamm einer gewaltigen Aleppo-Kiefer fallen und blieb regungslos liegen. Rasho folgte ihm erleichtert.

Sie lagen erschöpft auf dem Rücken, ihre Blicke gen Himmel gerichtet, der strahlend blau, wie ein Zeltdach über ihnen hing. Rasho fing an zu lachen.

„Wir haben es tatsächlich geschafft, Junis. Wer hätte das gedacht. Was machen wir jetzt?"

„Ich weiß nicht. Aber zurück nach Manbij ist keine gute Idee."

Rasho schaute sich um. Das Wäldchen war klein, aber dicht bewachsen, sodass sie hier heute Nacht sicher schlafen konnten.

Es bestand fast ausschließlich aus Aleppo-Kiefern, die hier im Norden Syriens hauptsächlich wuchsen. Ansonsten gab es hier nur verdorrte Sträucher.

„Ob wir hier etwas zu Essen finden?" Rasho strich über seinen Bauch.

„Ich höre ein Rauschen, wie von einem Bach."

Junis sprang auf und folgte dem Geräusch, bis er an einen kleinen Felsvorsprung kam. Rasho immer dicht hinter ihm.

Auf der Rückseite des Felsens sprudelte aus einer kleinen Öffnung Wasser heraus, welches in einem Rinnsal hinunterlief, sich dann ein Stück weiter unten in einen Bach verwandelte und schließlich in einen See mündete.

Es wuchsen saftig grüne Pflanzen am Ufer, die vergessen ließen, dass dieses Gebiet dermaßen mit Trockenheit gestraft war, dass man den Staub förmlich im Mund schmeckte.

Dieses Fleckchen Erde hier glich eher dem Paradies und nicht dem, was sie bisher gesehen hatten. Im Wasser tummelten sich Fische, die nur darauf zu warten schienen, gefangen und verspeist zu werden.

Rasho und Junis schauten sich an, liefen juchzend zum Wasser und sprangen hinein.

Sie benahmen sich wie zwei Kinder, die das erste Mal Wasser sahen und waren so ausgelassen, dass sie vergaßen in welch misslicher Lage sie sich befanden.

„Ich wusste, dass Allah mich erhören würde." Junis prustete Wasser aus Mund und Nase und lachte laut.

Rasho schwieg und freute sich einfach nur, dass sie dem Lager entkommen waren. Er hatte seine eigenen Gedanken dazu, obwohl er die letzten Wochen täglich mit Junis zu Allah gebetet hatte und es respektierte, würde er seinen jesidischen Glauben nie aufgegeben. Junis war ihm ein guter Freund geworden und er wollte ihn nicht verlieren. Dass Junis Moslem war, war für ihn in diesem Moment völlig egal und eigentlich hatte es ihn noch nie interessiert, welchen Glauben ein Mensch hatte, aber es war ihm ein gesundes Misstrauen gegenüber anderen Religionen anerzogen worden.

„Ich versuche einen Stock zu finden, der spitz genug ist, um Fische damit zu fangen, Rasho".

„Sehr gut, dann versuche ich Holz zu finden und ein Feuer zu machen."

Zwei Stunden später saßen sie unter einem Baum, hatten ein kleines Lagerfeuer gemacht und hielten jeder einen Stock mit einem aufgespießten Fisch ins Feuer. Das Feuer hielt Tiere davon ab sich zu nähern und es wärmte. Es war Ende Oktober und obwohl es tagsüber noch sehr warm war, wurden die Nächte schon empfindlich kalt.

Irgendwann schliefen sie vor Erschöpfung ein. Der Tag hatte mit einem Bombenangriff auf das Lager begonnen und sie waren froh und glücklich, dass sie ihn überlebt und es bis hier geschafft hatten. Andere werden dieses Glück nicht gehabt haben, das war ihnen an diesem Abend bewusst geworden.

Für Junis war klar, dass Allah seine vielen Gebete erhört hatte. Auch Rasho hatte der Barmherzige mit seiner Gunst bedacht. Ein Zeichen für Junis, dass Rasho gut gebetet und sich an alles gehalten hatte, was er im Lager gezwungenermaßen hatte lernen müssen.

Allah hatte gewollt, dass sie den Angriff überlebten und nun hier zusammensaßen, was immer er auch damit bezweckte. Junis akzeptiere die Entscheidung.

Sie wussten nicht, wer das Lager angegriffen hatte. Es könnte das Assad Regime, die freie syrische Armee oder auch die vielen Rebellentruppen gewesen sein, die den IS zu bekämpfen versuchten und aus dem Land vertreiben wollten.

Sie hatten besprochen, dass sie vorerst nicht zurück nach Manbij kehren wollten, denn dort war der IS an der Macht und hielt die kleine Stadt in seiner Gewalt.

Sie entschieden sich dazu am nächsten Morgen weiter zu wandern. Vielleicht würden sie auf ein Dorf treffen, indem man ihnen weiterhelfen konnte.

In den vielen Wochen, die sie im Lager des IS verbracht hatten, gab es keinerlei Informationen von außerhalb. Vielleicht war der Bürgerkrieg beendet oder der IS schon aus Manbij vertrieben, sie wussten es nicht.

In der Nacht erwachte Rasho von einem Druck auf seiner Brust. Er wollte sich aufrichten, aber es ging nicht. Etwas drückte ihn runter und hielt ihn davon ab, sich zu bewegen. Seine Augen gewöhnten sich nur schwer an die Dunkelheit.
Als er einigermaßen sehen konnte, schaute er in ein Gesicht, das vermummt war und dessen Augen ihn beobachteten. Er wollte gerade nach Junis rufen, da sah er ihn hinter der Gestalt, die ihn bedrohte unter der Kiefer stehen. Zu beiden Seiten standen ebenfalls zwei Männer, die ihn mit einem Gewehr bedrohten und

damit in Schach hielten. Mit einer Kopfbewegung wurde er aufgefordert aufzustehen. Vorsichtig erhob er sich und behielt dabei seinen Peiniger im Blick.

„Wer seid ihr?"
Die vermummte Gestalt, die ihm das Gewehr auf die Brust drückte sprach ihn auf Kurdisch an. Rasho atmete hörbar erleichtert auf. Die Stimme war eindeutig eine Frauenstimme. In der Dämmerung konnte er das Abzeichen der kurdischen Fraueneinheit, der YPJ an der Kleidung erkennen und ihm wurde schlagartig klar, dass sie in Sicherheit waren.
Rasho zeigte zu Junis: „Wir waren wochenlang gefangen in einem Lager des IS", antwortete Rasho ebenfalls auf Kurdisch.
„Heute Morgen wurde das Lager angegriffen, wir konnten entkommen."

Die Frau fixierte ihn kurz und gab dann den anderen ein Zeichen, die daraufhin die Waffen runternahmen, mit denen sie Junis bedrohten.

Die Frau zog ihr Tuch vom Gesicht und lächelte.

„Willkommen in unserer Einheit. Mein Name ist Rojda. Ihr seid jetzt in Sicherheit. Wie sind eure Namen?"

„Mein Freund heißt Junis und ich heiße Rasho."

„Woher kommt ihr?"

Rasho erzählte ihr, dass sie aus Manbij stammten und vor einigen Wochen vom IS gefangen genommen worden waren.

„Wir nehmen euch mit", antwortete Rojda darauf.

„Es ist zu gefährlich für euch hier alleine rumzulaufen und nach Manbij zurückzugehen, würde ich euch nicht empfehlen. Du kommst mit mir Rasho und Junis geht mit Dilo." Sie zeigte auf die junge Frau, die neben Junis stand und die ebenfalls ihr Tuch vom Gesicht gezogen hatte, was die Situation weniger bedrohlich erschienen ließ.

„Wir gehen in unser Lager, da seid ihr sicher. Kommt. Ihr anderen bildet die Nachhut."

Rojda zog Rasho am Arm mit sich.

Rasho beobachtete sie von der Seite. Sie hatte wunderschöne große Augen, so wie sie Rasho noch nie gesehen hatte.

Eine Zeit lang gingen die beiden schweigend nebeneinander her. Rojda warf ab und zu einen Blick auf Rasho, der sehr müde wirkte.

„Willst du mir erzählen, was passiert ist?"

„Im Moment lieber nicht, vielleicht später. Es ist so viel passiert. Mein Kopf ist voll und ich habe gerade das Gefühl, es reißt mir den Boden unter den Füßen weg."

„Ok, das verstehe ich. Und was ist mit Junis, seid ihr Freunde?"

„Wir haben uns erst im Lager kennengelernt. Ja, wir sind Freunde", Rasho hielt für einen Moment inne „beste Freunde."

Schweigend gingen sie weiter durch die Nacht. Irgendwann begann Rojda zu erzählen, sie hoffte Rasho damit ein wenig abzulenken.

„Ich bin seit zwei Jahren in dieser Einheit, seitdem ich 17 Jahre alt bin. Mein Vater war damals beim Kampf gegen den Islamischen Staat ums Leben gekommen und ich beschloss daraufhin mich der YPJ anzuschließen und ebenfalls für die Freiheit der Kurden zu kämpfen.

„Das ist sehr mutig von dir. Ich bin froh, dass ihr uns entdeckt habt und wir nicht wieder dem IS in die Hände gefallen sind." Rasho wirkte jetzt entspannter.

„Mein Vater hat auch bei der YPG gekämpft. Er ist in einen Hinterhalt geraten und erschossen worden."

„Das tut mir sehr leid." Rojda schaute mitleidig zu Rasho.

„Mein erster Gedanke war damals, mich sofort in der Einheit zu melden und zu kämpfen. Aber ich habe meiner Mutter versprochen, bei der Familie zu bleiben."

Schweigend setzten sie ihren Weg fort, bis sie nach einer halben Stunde auf die übrigen Frauen der Einheit trafen.

Rasho fühlte sich in Sicherheit. Ein Blick zu Junis zeigte ihm, dass auch dieser sichtlich erleichtert war. Junis kam lächelnd zu ihm und umarmte Rasho.

„Mensch Rasho, da haben wir echt Glück gehabt. Ich habe mich noch nie so über einen Bombenangriff gefreut. Ich hoffe, es hat nicht viele der Mitgefangenen erwischt."

„Das stimmt. Und dass wir jetzt bei meinen Leuten sind, ist auch gut."

Rasho grinste Junis an uns sie lachten beide.

Die Frauen begannen das Feuer zu löschen, alles abzubauen und in die Autos zu verladen.

„Wir fahren jetzt in unser Lager", rief Dilo den beiden zu.

„Kommt, ihr könnt bei mir mitfahren."

Junis und Rasho kletterten hinten in eine Art Jeep, in dem Dilo schon vorne auf dem Fahrersitz wartete. Neben ihr saßen noch zwei weitere Frauen. Hinten auf der Ladefläche waren Frauen mit schwerem Geschütz und scannten während der gesamten Fahrt die Umgebung ab.

Man musste immer damit rechnen in einen Hinterhalt zu geraten.

Nach einer Stunde Fahrt kamen sie im Hauptlager an. Es befand sich nahe der irakischen Grenze und lag gut versteckt in einem Wäldchen.

Rojda zeigte Junis und Rasho ein Zelt, welches für die Zeit ihres Aufenthaltes ihr Zuhause sein sollte.

„Ruht euch ein wenig aus. Später wird unser Kommandeur mit euch sprechen wollen. Vielleicht habt ihr wichtige Infos über das IS Lager für ihn."

Dann verschwand Rojda und ließ Junis und Rasho alleine zurück.

In dem Lager hielten sich Männer und Frauen auf. Sie alle kämpften für die kurdische YPG, für die Freiheit der Kurden und zusammen mit weiteren Kämpfern gegen den IS. Der IS hatte schon große Gebiete Syriens für sich einnehmen können und man wollte sie mit vereinten Kräften zurückdrängen.

Gegen Abend holte Dilo die beiden ab und führte Junis und Rasho durch das Lager, um sie zu Azad zu bringen, der den höchsten Rang hier in der Einheit hatte.

Im Lager herrschte eine ruhige Stimmung. Männer und Frauen saßen um ein Lagerfeuer, aßen und unterhielten sich.

Die Luft war kühl und ein seichter Wind wehte durch das Lager. Der Winter nahte.

Einige hielten inne und schauten ihnen nach. Es hatte sich scheinbar herumgesprochen, dass es zwei „Gäste" im Lager gab.

„Setzt euch." Azad zeigte auf einen großen Teppich, auf dem Junis und Rasho Platz nahmen. Er selber saß auf einem Hocker an einem Tisch und aß Hühnchen.

„Hier nehmt." Er reichte ihnen eine Schüssel mit Hühnchen, Reis und Gemüse. Junis und

Rasho nahmen dankend an, sie waren sehr hungrig.

Azad war ein großer, breitschultriger Mann um die fünfzig. Er hatte einen schwarzen Schnauzbart, der zu beiden Seiten nach oben gezwirbelt war. Seine Augen waren dunkelbraun, mit hellen Sprenkeln und sein Blick schaute interessiert zwischen Junis und Rasho hin und her.

„Nun erzählt schon. Was ist passiert? Warum wart ihr im IS-Lager und wie seid ihr entkommen?"

Junis und Rasho erzählten abwechselnd ihre Geschichte, wie sie in Gefangenschaft geraten waren und was sie im Lager erlebt hatten.

Ab und zu musste Azad schmunzeln. Aber als Rasho erzählte, dass er Beten musste und bei jedem Fehler, den er beim Rezitieren aus dem Koran machte Schläge bekam, verfinsterte sich sein Blick.

„Wir müssen den IS bekämpfen." Azad war aufgebracht. Sie misshandeln die Männer,

Frauen und Kinder im Namen Allahs, im Namen des Korans. Es ist falsch und verwerflich.
„Können sie uns etwas über Manbij sagen? Wie ist die Lage dort?" Junis stand auf und ging auf Azad zu.
„Manbij ist nach wie vor in der Gewalt des IS. Aber es gibt Pläne die Stadt zurückzuerobern. Es werden sich mehrere Gruppen zusammenschließen. Wir verhandeln auch mit dem US-Militär und der Türkei. Es wird eine große Offensive geben und wir werden Manbij vom IS befreien."

*

Junis und Rasho verbrachten den ganzen Abend zusammen mit Azad.
Irgendwann kamen Rojda und Dilo in das Zelt und setzten sich dazu. Dilo war die Tochter von Azad und Rojda seine Nichte.

Sie sahen aus wie Geschwister. Beide hatten mandelförmige, braune Augen, hohe Wangenknochen und lange schwarze Haare, die zu einem Zopf zusammengebunden waren.

Azad erzählte, wie sein Bruder, Rojdas Vater, bei einem Überraschungsangriff des IS ums Leben gekommen war. Rojdas Vater hatte das gleiche Schicksal erlitten wie Rashos Vater. Er verstand sehr gut, dass sie sich den Freiheitskämpfern angeschlossen hatte. Hätte er nicht seiner Mutter versprochen bei der Familie zu bleiben, wäre er auch in den Kampf gegen den IS gezogen.

*

Rasho konnte nicht einschlafen in dieser Nacht. Er wälzte sich stundenlang von einer Seite zur anderen und musste immer wieder an die Worte denken, die Azad ihnen am Abend erzählt hatte:

„Manbij soll zurückerobert werden. Viele wollen zusammenkommen und für die Befreiung seiner Heimatstadt kämpfen."

Dann fasste er einen Entschluss.

„Junis, schläfst du schon?"

Junis rührte sich nicht. Rasho lief zu Junis und rüttelte ihn wach. Er musste es ihm sofort erzählen, er konnte es nicht für sich behalten.

„Junis, wach auf."

„Was ist denn los? Sind wir getroffen?"

„Nein." Rasho lachte. „Ich muss dir unbedingt etwas erzählen."

Junis setzte sich auf, rieb sich die Augen und schaute verschlafen in das Gesicht von Rasho, der hellwach war.

„Ich werde mit ihnen kämpfen, Junis! Ich werde für die Freiheit von Manbij kämpfen."

Jetzt war Junis hellwach.

„Du willst dich ihnen anschließen? Du bist verrückt, du hast keinerlei militärische Ausbildung und…."

„Sie werden mich ausbilden, es ist noch Zeit." Rasho wirkte fest entschlossen.

„Ja, ich werde mit ihnen gehen und Manbij vom Bösen befreien. Werde die vertreiben, die uns in den letzten Wochen „Das" angetan haben, Junis. Die uns gedemütigt und gequält haben. Ich bin bereit dafür."

Rasho ging zurück zu seinem Schlafplatz und legte sich hin. Er schlief sofort ein und ließ einen aufgewühlten Junis zurück.

Am nächsten Morgen erwachte Junis sehr früh. Er wusch sich und verließ das Zelt. Er wollte sich ein ruhiges Plätzchen zum Beten suchen und zum Nachdenken.

Ihm gingen Rashos Worte von heute Nacht nicht mehr aus dem Kopf.

Nach dem Morgengebet war er ein Stück aus dem Lager hinausgegangen und hatte sich einen ruhigen Platz hinter einem Felsen gesucht. Er wollte alleine sein und in sich gehen.

Er hatte Allah um Hilfe gebeten, sich richtig

zu entscheiden. Er war hin und her gerissen, wollte seine Familie wiedersehen, aber auch nicht seinen Freund verlassen.

Die Sonne erhob sich am Horizont wie ein großer orangener Ball. Leichter Dunst lag über dem Land, der sich langsam begann aufzulösen. Es würde nochmal ein warmer Tag werden.
Das Lager erwachte zum Leben. Er hörte Lachen und es begann köstlich zu duften.

Junis hatte sich bewusst für sein Gebet zurückgezogen. Keiner im Lager vollzog das Morgengebet, auch Rasho betete nicht mehr, seitdem sie dem IS entkommen waren.
Es war in Ordnung für ihn und er fühlte sich aufgenommen hier im Lager.
Er wusste, dass Rasho nur aus der Not heraus gebetet hatte. Aber in der Zeit in der er es tat, war es ihm sehr ernst gewesen und das hatte Allah belohnt.

Vom Kaffeeduft angezogen, ging Junis zurück zum Lager. Er sah Rasho am Feuer sitzen. Er wirkte nachdenklich, aber zufrieden.

Als Rasho Junis sah, winkte er ihn zu sich. Vor ihm standen zwei dampfende Tassen Kaffee und er reichte eine an Junis weiter.

„Ich werde mit dir gehen, Rasho."

Rasho schaute Junis fragend an.

„Ich lasse dich nicht alleine. Wir haben den Kampf gegen den IS im Lager zusammen begonnen und mit der Hilfe des anderen überstanden. Jetzt werden wir es gemeinsam zu Ende bringen. Wir werden gemeinsam Manbij befreien und unseren Familien und den Menschen ihre Freiheit zurückbringen."

Rasho grinste breit und nahm einen Schluck Kaffee. Seine Augen sagten alles und er musste nichts mehr sagen.

Sie waren erwachsen geworden in den letzten Monaten. Waren als trotzige Kinder gegangen

und würden als Männer nachhause zurück-
kehren.

*

Die nächsten Wochen waren hart. Junis und
Rasho wurden in einer kurdischen Einheit der
YPG auf die Kämpfe vorbereitet. Sie hatten
viel zu lernen. Für den Militärdienst waren sie
bisher zu jung gewesen und trotz des Bürgerkrieges noch nicht eingezogen worden.
Aber sie lernten schnell und absolvierten in
den folgenden Wochen eine solide Ausbildung.

Rojda und Dilo waren inzwischen weitergezo-
gen, sie hatten andere Befehle bekommen. Junis und Rasho standen unter dem Befehl von
Azad.
Tagsüber wurden sie im Feld ausgebildet und
abends saßen sie oft stundenlang zusammen
mit Azad in seinem Zelt.

Aufbruch - Manbij Offensive

Mitte Dezember 2015 war es dann soweit. Die ersten Vorbereitungen zur Befreiung von Manbij begannen. Die Demokratischen Kräfte Syriens, die SDF eroberten die Tischrin-Talsperre und überquerten den Euphrat. So sollte der Weg für die Operation Manbij frei gemacht werden.

Anfang April des folgenden Jahres, verhandelten die USA mit der Türkei und baten sie um Unterstützung. Die Türkei stellte aber die Bedingung, dass die arabischen Kämpfer die SDF verlassen sollten, da diese unter der Führung der YPG und der YPJ standen. Für die Türkei waren beide Einheiten Terrororganisationen. Außerdem wollten sie, dass die USA protürkische Oppositionstruppen unterstützen. Man konnte sich nicht einigen.

Am 31. Mai sagten die USA die Unterstützung der Offensive durch Soldaten zu. Die Offensive konnte beginnen.

Die SDF begann das östliche Umland zu erobern und schnitt Anfang Juni die Verbindung zwischen Manbij und ar-Raqqa ab, ebenfalls ein Gebiet, welches vom IS kontrolliert wurde.

Junis und Rasho waren direkt unter den Kämpfern. Sie waren in verschiedenen Einheiten untergebracht und hatten in dieser Zeit den Kontakt zueinander verloren. Sie hörten täglich von den Verlusten, die auf beiden Seiten zu beklagen waren und jeder hoffte, dass der andere nicht unter den Märtyrern war.

Die SDF hatte sich bald südlich bis auf zwei Kilometer an das Stadtgebiet von Manbij vorgekämpft. Die ersten IS-Kämpfer verließen die Stadt bereits. Am 10. Juni war die Stadt Manbij komplett eingekesselt und somit 2.000 IS-Kämpfer und die Bevölkerung in der Stadt gefangen. Viele arabische Stämme aus dem Umland schlossen sich der SDF nun an.

Junis und Rasho trafen sich eines Abends in einem Lager an der Stadtgrenze, in dem beide

Einheiten nächtigen wollten. Junis saß am Feuer um sich zu wärmen, als Rasho sich wortlos neben ihm setzte. Sie hatten sich seit einigen Wochen nicht gesehen.

„Du siehst zehn Jahre älter aus, Junis." Rasho lachte unter seinem langen Bart, der ihm mittlerweile gewachsen war.

„So fühle ich mich auch, Rasho. Hast du etwas von deiner Familie gehört?"

„Nein, du?"

„Leider nicht, Rasho. Ich hoffe, dass es ihnen gut geht."

„Das hoffe ich auch, Junis. Wir kommen gut voran. Der Nachschub von IS-Kämpfern ist nicht mehr möglich und viele sind schon aus der Stadt geflohen."

Rasho nahm einen Schluck Kaffee und schaute Junis in die Augen. „Aber auch die Bevölkerung flieht aus Manbij, Junis. Die meisten Richtung Türkei und Richtung Europa."

„Das stimmt, Rasho. Ich hoffe, dass wir den IS jetzt zügig aus der Stadt vertreiben können. Ich habe gehört, dass sie die Zivilbevölkerung als menschliche Schutzschilde benutzen und sie zwingen sich ihnen anzuschließen."

Junis schüttelte traurig den Kopf.

„Wir werden nicht aufgeben, bis der letzte aus der Stadt vertrieben ist. Wie geht es dir, Junis?" „Es geht schon, Rasho. Ich bin sehr müde, aber das sind wir alle nach dieser harten Zeit."

*

In den nächsten Tagen drang die SDF unter Begleitung von Luftanschlägen weiter in die Stadt ein. Sie waren nur noch einen Kilometer vom zentralen Marktplatz entfernt. Der IS startete immer wieder Gegenoffensiven, wurde aber jedes Mal unter großen Verlusten beider Parteien zurückgeschlagen.

Anfang Juli gab es eine große Gegenoffensive des IS, um die Belagerung zu durchbrechen und die Kräfte aus der Stadt zu evakuieren.

Die Kämpfe gingen noch den ganzen Juli und August weiter. Die Verluste auf beiden Seiten waren enorm.

Am 27. August schließlich, endete die Manbij Offensive und die Stadt war vom IS befreit. Damit war auch der letzte Nachschubweg des IS in die Türkei verloren.

Zuhause

Seit einigen Tagen war es still geworden in der Stadt. Die Kämpfe waren vorüber, der IS war vertrieben.

Als die Truppen der SDF mit Siegesgesängen durch die Stadt liefen und die Vertreibung des IS verkündeten, gab es allerorts großen Jubel. Die Menschen rannten aus ihren Häusern und trafen sich auf den Straßen. Die Frauen rissen sich ihre Burkas vom Leib und verbrannten sie, in extra dafür angefachten Feuern. Die Männer rasierten sich die Bärte ab. Die Stimmung war ausgelassen.

Es war Mitte August. Die Sonne hatte die Luft den Tag über aufgeheizt. Jetzt gegen Abend wehte eine kühle Brise und brachte ein wenig Erleichterung.

Jian stand am Herd und kochte für das Abendessen. Bahar, ihre Tochter half ihr dabei so gut es ging. Sie war sehr selbständig und ihre großen braunen Augen beobachteten die Mutter genau.
Jian reichte ihrer Tochter den Kochlöffel.
„Bitte Bahar, du kannst die Suppe im Topf ein wenig umrühren, damit sie am Boden nicht ansetzt."
Bahar nahm ihrer Mutter den Kochlöffel aus der Hand und rührte unter großer Konzentration im Kochtopf die Suppe.

Aras, ihr kleiner Bruder, lag auf den Boden neben der Tür und schlief. Er war sofort eingeschlafen, als sie heute Nachmittag vom Feld kamen. Sie hatten Glück gehabt. Einige Pflanzen hatten das Bombardement der letzten Wochen und die Hitze gut überstanden und waren bald reif für die Ernte.

Heute Morgen hatten sie seit langem mal wieder zusammen das Haus verlassen. In den Monaten, als die Stadt unter der Herrschaft des IS stand, vermied es Jian rauszugehen. Sie verließ das Haus nur, wenn es unbedingt nötig war. Sie wollte ihre Kinder schützen.

Es klopfte an der Tür. Bahar lief zu ihrer Mutter und klammerte sich ängstlich an ihr Bein.

„Geh ins Schlafzimmer Bahar und schließe von innen ab. Nimm bitte Aras mit."

Bahar lief zu Aras und weckte ihn auf. „Psst, leise Aras. Komm mit."

Nachdem die beiden Kinder im Schlafzimmer waren und hinter sich abgeschlossen hatten, ging Jian zur Tür und fragte: „Wer ist da?".

Keine Antwort.

„Wer ist da?", fragte sie noch einmal etwas lauter.

„Ich bin es Mutter, Rasho."

Jian riss die Tür auf. Sie sah Rasho vor der Tür stehen und schlug die Hände vors Gesicht. Mit einem Schrei stürzte sie sich auf ihn und nahm ihn die Arme.

Rasho lachte und drückte sie ganz fest. Jian nahm sein Gesicht zwischen ihre Hände und hörte nicht auf es zu küssen. Sie konnte die Tränen nicht mehr zurückhalten.

Besorgt über das Weinen ihrer Mutter, lugten Bahar und Aras aus dem Schlafzimmer.

Bahar erkannte Rasho sofort, lief auf ihn zu und sprang in seine Arme.

Minutenlang verweilten die drei so, bis hinter ihnen ein dünnes Stimmchen fragte: „Wer ist das Mama?"

Jian zog Aras zu sich und nahm ihn auf den Arm.

„Dies Aras, ist dein großer Bruder Rasho." Aras versteckte sein Gesicht hinter dem Arm seiner Mutter.

Glücklich schaute Jian zwischen ihren drei Kindern hin und her.

Dann löste sich Rasho. „Mutter, ich möchte dir jemanden vorstellen."

Er drehte sich zu Junis um, der still das Wiedersehen beobachtet hatte.

„Das ist Junis, mein bester Freund."

Jian ging auf Junis zu. Junis nahm ihre Hand und küsste sie.

„Willkommen in unserem Heim, Junis."

Sie küsste Junis auf die Stirn und nahm ihn in den Arm.

„Und jetzt setzt euch. Ich habe Suppe gekocht. Ihr kommt genau rechtzeitig."

Sie lächelte glücklich in die Runde.

Bahar begann geschäftig den Tisch zu decken und Aras saß auf Rashos Schoß.

„Und jetzt erzählt. Was ist passiert? Wo warst du all die Wochen? Ich habe geglaubt, du wärst tot", sagte sie traurig.

Junis und Rasho erzählten abwechselnd über ihre Erlebnisse der letzten Monate. Immer wieder unterbrachen sie sich gegenseitig, um das Erzählte zu ergänzen.

Jian, Bahar und Aras schauten wie gebannt zwischen den beiden hin und her. Ab und zu stöhnte Jian auf, als Rasho von der Folter im Gefängnis des IS berichtete. Sie fühlte jeden einzelnen Schlag, den Rasho ertragen musste in ihrem Herzen. Immer wieder nahm sie seine Hand und wollte sie nicht mehr loslassen, als ob sie Angst hätte, dass alles ein Traum wäre, dessen Seifenblase gleich zerplatzte.

Irgendwann wurde Junis unruhig und wirkte angespannt.

„Du möchtest zu deiner Familie, habe ich Recht?"

Jian nahm Junis' Hand und lächelte ihm milde zu.

„Ja, ich muss jetzt leider gehen. Es ist sehr schön bei euch, aber ich möchte jetzt zu meiner Familie. Ich muss wissen, wie es ihnen geht."

Rasho brachte Junis zur Tür. „Soll ich dich begleiten, Junis?"

„Das ist sehr nett, aber ich gehe alleine. Morgen früh komme ich und hole dich ab, um dich meiner Familie vorzustellen."

Junis drückte Rasho einmal kurz.

„Danke, mein Freund, dass du mich zu meiner Familie begleitet hast. Ich freue mich, wenn ich morgen deine Familie kennenlernen darf."

Dann verschwand Junis in der Dunkelheit.

*

Als Junis in die Straße zum Haus seiner Familie einbog, war er erleichtert. Hier war kaum etwas zerstört. Er stand genau an der Stelle, an der ihn die Kämpfer vor Monaten angehalten hatten und gefangen nahmen. Die Erinnerungen kamen wieder hoch und um seine Brust wurde es eng. Er atmete tief durch und ging weiter.

Alle Häuser standen an ihrem Platz und es lag eine idyllische Ruhe über dem kleinen Ort, der sich ein wenig außerhalb der Stadt Manbij befand. Von weitem konnte er schon das Haus seines Großvaters sehen. Die Fenster waren erleuchtet. Je näher er kam, desto mehr erfasste ihn ein vertrautes Gefühl von Geborgenheit. Ein Gefühl, welches er die letzten Monate vermisst hatte.

Vorsichtig schaute er durch das Fenster. Seine Familie saß am Tisch und aß. Sie waren alle da, bis auf seinen Großvater.

Vorsichtig klopfte er an die Tür.

Von Innen hörte er schlurfende Schritte, die zur Tür kamen. Dann wurde die Tür geöffnet und er stand seinem Vater gegenüber.

Ohne ein Wort zu sagen, fielen sie sich in die Arme.

„Wer ist es Mohammed?"

Junis Mutter Mariama kam zur Tür und wollte nachschauen, warum ihr Mann nicht wiederkam.

Als sie Junis sah, schrie sie auf und brach weinend zusammen.

Junis lief zu ihr, kniete sich nieder und nahm sie in den Arm.

„Ich bin wieder da, Mutter. Alles ist gut. Bitte weine nicht."

Das zweite Mal an diesem Tag erzählte Junis die Geschehnisse der letzten Monate.

Mariama konnte nicht aufhören zu weinen. Sie saß neben Junis und ließ seine Hand nicht mehr los.

„Junis, mein Junge. Es ist etwas passiert, was du noch nicht weißt."

Sein Vater wurde ernst.

„Großvater ist im letzten Winter zu Allah gegangen. Es hat ihn all die Wochen sehr gegrämt, dass er nicht wusste, was mit dir passiert ist. Aber er weiß es nun, denn er ist mit Allah."

Jetzt war es Junis der weinte. Obwohl er seinem Großvater damals versprochen hatte, nie mehr zu weinen, konnte er die Tränen nicht mehr zurückhalten.

„Junis", sagte sein Vater.

„Wir möchten Rasho gerne kennenlernen. Wir haben unseren Sohn zurückbekommen und einen Sohn dazu gewonnen. Ich möchte ihn herzlich willkommen heißen in unserer Familie."

Junis lachte und warf seinen Kopf dabei nach hinten. Er hatte sein „altes" Selbstvertrauen zurückgewonnen.

Nachwort

Während ich die letzten Zeilen dieses Buches schrieb, geriet Manbij erneut in den Fokus der Medien.

Die türkische Regierung plante die Stadt anzugreifen, um die Kurden zu vertreiben, die die Stadt verwalten. Ein Freund schickte mir täglich die neuesten Nachrichten aus der Region und er schrieb mir, dass der Angriff des türkischen Militärs kurz bevorsteht.

Da Russland und die USA bis dahin aber kein „OK" für diese Aktion gegeben hatten, war es Gott sei Dank bis zu diesem Zeitpunkt noch nicht dazu gekommen.

Der türkische Präsident wollte nicht nur Manbij angreifen, sondern alle Städte in Grenznähe, die von den Kurden verwaltet werden. Dazu gehörten auch Städte im Irak. Scheinbar hatte die Regierung Angst davor, dass die

Kurden ein neues Kurdistan in den Grenzregionen von Syrien und dem Irak gründen und wollte dies mit allen Mitteln verhindern.

Natürlich habe ich Manbij für mein Buch gewählt, da ich eine persönliche Beziehung zu dieser Stadt habe. Aber auch, weil diese Stadt im syrischen Bürgerkrieg eine besondere Rolle spielt. Alle Parteien, die den Syrien Konflikt dominieren, kommen in dieser Stadt zusammen - USA, Russland, Türkei, AL-Assad-Regime, sowie die demokratischen syrischen Kräfte (SDF).
Die Bevölkerung besteht zu 80% aus Arabern. Es ist eine bunte Mischung aus Arabern, Kurden, Turkmenen und Circassianern. Trotz dieser Vielfalt, gab es in Manbij in den letzten Jahrhunderten keine ethnischen oder konfessionellen Konflikte. Die Stadt war vielmehr ein Beispiel für ein friedliches Zusammenleben aller Parteien geworden.

Im März 2011, mit Beginn der syrischen Revolution, begannen in der Stadt friedliche Demonstrationen, die von den Sicherheitskräften des Regimes brutal unterdrückt wurden. Irgendwann wurden die Demonstrationen lauter und konnten von den Behörden des Regimes nicht mehr kontrolliert werden. Im Juli 2012 befreiten die Behörden des Assad Regimes die Stadt von den „Rebellen" und verwalteten sie.

In meinem Buch beschreibe ich die Zeit, in der Manbij vom IS besetzt war und dann schließlich befreit wurde. Ich denke, die Geschichte zeigt so einiges auf, was die kleine Stadt an der Grenze zur Türkei und ihre Bewohner in dieser Zeit erlebt und durchgemacht haben.

Auch zehn Jahre nach Beginn des Bürgerkrieges, herrscht noch kein Frieden in Syrien. Immer noch sind einzelne Gebiete einem täglichen Bombardement ausgesetzt und es sterben jeden Tag viele Männer, Frauen und Kinder.

Die Idee meines Buches war es aber zu zeigen, dass Freundschaften zwischen verschiedenen Kulturen und Religionen entstehen und bestehen bleiben können.
In meiner Geschichte ist diese Freundschaft aus der Not heraus geboren, aus einem gemeinsam geteilten Schicksal.
Die Geschichte der beiden jungen Männer ist eine fiktive Geschichte. Die politische Handlung und die Orte der Geschichte aber, sind real und tatsächlich so passiert.
Ich würde mich freuen, wenn ich bei dem einen oder anderen Leser das Interesse geweckt habe, mehr über Syrien und die gesamtpolitische Lage im Nahen Osten zu erfahren.

Ganz besonders danken möchte ich Houssam und Halef, die mir so manches Mal die nötige Inspiration gegeben haben, wenn mein Kopf leer war und ich keine Idee hatte, wie es mit den Helden meines Buches weiter gehen könnte.

Vielen Dank auch an Christin, die wunderbar die Idee für mein Cover umgesetzt hat. Ich wollte unbedingt ein Bild auf dem Cover haben, welches Junis und Rasho „vereint". Es sollte zeigen, dass wir Menschen alle gleich sind, egal welcher Religion wir folgen oder welcher Kultur wir entstammen.
Vielen Dank auch an Juliana für das Lektorat. Du hast mir eine große Last abgenommen und mir damit sehr geholfen.

Ein ganz lieber Dank und Gruß geht nach Idlib, ins ferne Syrien zu Mohammed.
Mohammed ist ein junger syrischer Mann, der in einem Lager nahe Idlib mit seiner Familie seit Jahren festsitzt. Er erträgt sein Schicksal tapfer. Gerne würde ich ihm helfen, aber es

gibt keine Möglichkeit, dieser Situation zu entfliehen. Er ist ein sehr gläubiger Moslem und
hat sein Schicksal akzeptiert.

Einige Sätze, die Junis in diesem Buch sagt,
habe ich von ihm übernommen. Diese Zufrie-
denheit, die ich immer wieder in seinen Aus-
sagen lese, wenn wir uns schreiben, imponiert
mir sehr und macht mich traurig zugleich. Die
Situation, in der er sich seit Ausbruch des Bürgerkrieges befindet, ist unerträglich und trotzdem jammert er nicht, denn „Allah hat diese
Situation für ihn gewählt".

Für mich ist es oft sehr schwierig seinen Ge-
dankengängen zu folgen. Er ist ein sehr
schlauer Mann und es ist traurig, dass er seit
Jahren dieses unerträgliche Dasein fristet,
ohne einen Funken Hoffnung auf eine gute
Zukunft.

E-N-D-E

Über die Autorin

Ich bin in Bremen Nord geboren und mein ganzes Leben lang der kleinen Vorstadt von Bremen treu geblieben.

Hier wohne ich mit meiner Familie und unseren zwei Hunden.

Nach dem Abitur, habe ich eine kaufmännische und eine medizinische Ausbildung gemacht und hatte damit die Möglichkeit, in verschiedenen beruflichen Bereichen zu arbeiten. Ich hatte immer Schwierigkeiten mich in eine berufliche Sparte drängen zu lassen.

Seit zwei Jahren arbeite ich in einem Übergangswohnheim für geflüchtete Menschen.

Eine Arbeit, die alles was ich bisher beruflich gemacht habe, auf irgendeine Weise vereint und auch meine „private Leidenschaft" einbezieht.

Seit drei Jahren schreibe ich Bücher, mit den unterschiedlichsten Themen.

Lesen sie auch:

ISBN: 978-3957536464

Ines Allerheiligen erzählt, wie sie den Syrer Apo im Internet kennenlernt und ihm die Flucht nach Deutschland ermöglicht. Eine unglaubliche, aber wahre Geschichte einer Flucht

ISBN: 978-3957537621

Alles gut? Apo war in Deutschland. Ich hatte gedacht, alle könnten nun zur Ruhe kommen. Doch die deutsche Bürokratie und Apos Gefühlswelt sollten mir einen gewaltigen Strich durch meine Pläne machen. Auch hatte ich die Gefühle unterschätzt, die Menschen überwältigen, die ihre Heimat verloren haben und einem komplett neuen System gegenüberstehen.

ISBN: 978-3754316429

Eine Mordserie erschüttert das beschauliche Bremen - Nord. Das Team um das Ermittlerduo Hanna Wolf und Kai Siemer übernimmt den Fall. Schnell wird klar, dass die Morde im Zusammenhang mit dem Verkauf von jüdischem Schmuck stehen. Aber wie stehen die Opfer zueinander? Warum war es ihnen so wichtig, dass man sie für Menschen jüdischen Glaubens hielt. Lange steht die Kripo Bremen vor einem Rätsel. Aber dann tun sich Abgründe auf, die bis ins Jahr 1943 zurückreichen.

by Christin Trumpf